库切文集

Foe
福

〔南非〕
J.M. 库切
J.M. Coetzee

著

王敬慧 译

J. M. Coetzee
FOE
Copyright © J. M. Coetzee, 1986
By arrangement with
Peter Lampack Agency, Inc.
350 Fifth Avenue, Suite 5300
New York, NY 10118 USA
All rights are reserved by the proprietor throughout the world.

图书在版编目(CIP)数据

福/(南非)J. M. 库切著；王敬慧译. —北京：人民文学出版社，2019
（库切文集）
ISBN 978-7-02-014603-1

Ⅰ. ①福… Ⅱ. ①J… ②王… Ⅲ. ①长篇小说—南非共和国—现代 Ⅳ. ①I478.45

中国版本图书馆 CIP 数据核字(2018)第 225138 号

责任编辑	马　博
装帧设计	陶　雷
责任印制	徐　冉

出版发行		人民文学出版社
社　　址		北京市朝内大街 166 号
邮政编码		100705
网　　址		http://www.rw-cn.com
印　　刷		三河市中晟雅豪印务有限公司
经　　销		全国新华书店等
字　　数		96 千字
开　　本		850 毫米×1168 毫米　1/32
印　　张		4.875　插页 1
印　　数		1—8000
版　　次		2019 年 12 月北京第 1 版
印　　次		2019 年 12 月第 1 次印刷
书　　号		978-7-02-014603-1
定　　价		38.00 元

如有印装质量问题，请与本社图书销售中心调换。电话：010-65233595

目　录

第一章 …………………………………………… 1
第二章 …………………………………………… 39
第三章 …………………………………………… 96
第四章 …………………………………………… 135

《福》与《鲁滨孙飘流记》的互文性(译后记) ………… 141

第 一 章

最后,我再也划不动了。我的双手起了水泡,后背灼热,全身酸痛。叹着气,我从船上滑进了水里,激起些许水花。① 我缓慢地划着水,长发漂在水面上,就像海中的花朵,像海葵,或像是你在巴西水域可以看到的那类水母。我朝着陌生的岛屿游了过去,一开始的感觉仿佛像先前划船一样,逆流前行,然后突然间阻力全消失了,海浪将我带入海湾,送上了沙滩。

我躺卧在炙热的沙滩上,太阳橘色的烈焰照在我头上,(我逃出来时身上仅剩的)衬裙被太阳烤干了,贴在身上。我像所有被拯救的人一样,尽管精疲力竭,但是心存感激。

一片黑影向我移来,那不是天上的云朵,而是一个人,他身体四周发出耀眼的光芒。"海上被弃者。"我口干舌燥地说,"船出了意外,丢下我一个人。"说话的同时,我举起自己酸痛的双手。

那男子蹲到我身边。他的皮肤黝黑:一个满头鬈发的黑人,上身赤裸,仅穿着一条粗糙的衬裤。我坐起身,仔细

---

① 请注意,此句在文后多次出现。(本书注释均为译者所加)

观察着他：面孔是扁平的，小小的眼睛很呆滞，鼻子宽宽的，嘴唇厚厚的，皮肤不是黑色的，而是深灰色，干巴巴的，仿佛是抹上了一层灰。我试着用葡萄牙语说："水。"并做喝水状。但是他毫无反应，他看着我的样子就像是在看一头被海浪打到岸上的海豹或是海豚，随时会断气，然后就可以被切割成块作为食物。他随身带着一支矛。我心想，来错了地方：我来到了一座食人岛。于是我将头垂了下去。

他伸出手，用手背碰了碰我的手臂。我猜他大概是在感觉我的肉质如何。但是很快，我急促的呼吸缓和下来，人也冷静了一些。他身上闻起来有种大热天里的鱼腥味与羊毛味。

觉得我们不能总这么耗着，我便坐直身子，再次做喝水状。我划船划了一整个上午，从昨天晚上到现在滴水未进，所以眼前只要有水喝，我才不在乎他是否会杀了我。

黑人站了起来，示意我跟着他走。他领着我穿过沙丘，沿着一条小路，向岛屿的丘陵状内陆区域进发。我全身僵硬酸痛，还没有开始攀爬，便感到一阵剧痛，我从脚后跟拔出了一根长长的带黑尖的刺。我搓揉几下，但脚后跟还是很快地肿了起来。由于疼痛难耐，我只能跛脚前行。黑人后背冲向我，示意要背我。我犹豫着是否要接受他的帮助，因为他十分瘦弱，而且身材比我还矮。但我别无他法，于是我单腿跳上他的后背，手拽着衬裙，下巴摩擦着他很有弹性的头发，往山坡行进。由于他用的是一种手朝后的奇特的拥抱，我对他的恐惧感也减轻不少。我注意到，他根本不在意脚下的东西，那些扎我的荆棘丛在他的脚掌下全部被蹍得粉碎。

对于常读游记的读者而言,"沙漠岛屿"这个字眼或许会让他们想象出一个充满细沙与树荫的地方,那里有小河流过,河水足以让海上漂流者解渴,还有随手可摘的成熟的果实可以食用。他在岛上什么都不用做,任凭日子在睡梦中度过,直到有船来带他回家。但是我漂流到的这个岛屿可不是这个样子,这是一座石头山丘,山顶平坦,仿佛突然从海底升起,只有一个角落里长满了从不开花、从不落叶的黄褐色灌木林。小岛外围一层层褐色的海藻,因为海浪的关系生长在岸边,它们发出阵阵恶臭,里面灰白色的跳蚤丛生。这里还有蚂蚁到处乱爬,类似于我们在巴伊亚①所看到的一样。沙丘上还有另外一种害虫——一种小型昆虫,它会藏在你的脚趾缝间咬你的肉,即使是星期五那样粗糙的皮肤也招架不住:他的脚趾缝间都流血了,但是他却毫不在乎。我没有看到蛇,只有蜥蜴在大热天里晒着太阳。有些蜥蜴很小,动作十分敏捷;有些很大,动作则显得迟缓许多。受到惊吓时,它们腮部的蓝色突出物会往两边鼓起,它们还会发出咝咝的叫声,怒目而视。我曾抓了一只试图要驯服它,我喂它苍蝇,但它不愿吃死的虫子,我只好将它放了。这里还有猿猴(我稍后将会加以详述)和鸟类。这里到处都是鸟,不仅有成群的麻雀(我是这么称呼它们的)整天在灌木丛间轻快地飞来飞去,吱喳地叫着,海边陡峭的岩

---

① 现名为萨尔瓦多,巴西东部一城市,位于累西腓西南偏南大西洋上,建立于1549年。1763年以前,它是葡萄牙在西半球占领地的首府。

壁上还有大群的海鸥、海鸟、塘鹅和鸬鹚,它们的粪便使得岩石都变成了白色。海中则有海豚、海豹和各式各样的鱼类。如果说有这么多的野兽与我做伴便足够了,那么我在岛上的生活应该是快乐的。但是已经习惯于人类语言的人又怎能仅仅满足于乌鸦的呱呱声、小鸟的啁啾声、海豹的吼声和风的呼啸声呢?

最后,我们爬到尽头,我的脚夫停下来歇一口气。我发现自己来到一片平坦的高地,距离某个营地不远。四周是波光粼粼的海面,在东面,那艘带我来的船正扬帆远去。

我一心想喝水,只要有水喝,我才不在乎等待我的命运是什么。一个男人站在营地的门口,他肤色黝黑,胡子浓密。"水。"我说,还做了动作。他示意黑人去拿,我这才发现他是欧洲人。"会说英文吗?"我问道,这是我在巴西学会的话。他点点头。黑人拿了一碗水给我。我喝完了,他又拿了更多的水来。这是我喝过的最好喝的水了。

陌生人的眼睛是绿色的,头发被烤成稻草般的颜色。我判断他的年纪在六十左右。让我仔细描述一番他的外表:他穿着一件坎肩,一条及膝的裤子,头上戴着圆锥顶的高帽,穿得就像是我们在泰晤士河上见到的船夫。他所有的穿着都是由动物毛皮缝制而成,毛皮的部分朝外。他脚上穿着一双凉鞋,腰间系着一根短棍和一把刀子。我看到他的第一感觉是:这是一个反叛者,又一个被心善的船长放逐到岸上的反叛者,而他旁边的是岛上的黑人之一,已经被他驯服为自己的奴仆。我说:"我叫苏珊·巴顿,我被远处那艘船上的船员赶了出来。他们杀了自己的船长,然后将我丢下船。"我在船上受尽欺凌,又被丢到小船上,脚边是死去的船长,他的眼窝中还插着船钉。绝望中的我在海上孤独地漂流了几个小时,但是整个过程我一直没有掉任何眼泪,而现在,我却忍不住大哭起来。我坐在地上,双手抚摸着疼痛的双脚,像个孩子似的扭着身子大哭着,而那个陌生人(当然是我跟你提到的克鲁索[①])瞪着我瞧,好像我是被浪头高高抛起的鱼,而不是一个不幸的同类。

我已经描述过克鲁索的穿着,现在讲讲他的住处。

山丘顶中央的平坦处有一堆房子一般高的石头。在两块石头中间,克鲁索用杆子和芦苇搭盖了一个茅草屋,芦苇巧妙地编织在杆子之间,叶子延展开来构成屋顶和墙壁。这个营地还有一个围栏,围栏上有皮革做折叶的门,将营地围成三角形,克鲁索称这里为他的城堡。围栏将猿猴挡在外面,里面种了一片野生苦莴苣。你会发现,岛上能吃的就是这莴苣再加上鱼和鸟蛋。

在茅草屋内,克鲁索有一张狭窄的床,这就是他仅有的家具。地面是光秃秃的土地。屋檐下的草席就是星期五的床。

最后,我擦干眼泪,向克鲁索要一根针或其他类似的工具,想要将我脚上的刺挑出来。他拿出一根用鱼骨头做成的针,宽的那一端还钻了个孔。这孔是怎么钻出来的,我就不得而知了。他则不作声地看着我把刺挑出来。

---

① 克鲁索的英文名字在本书中拼写为 Cruso,与笛福《鲁滨孙飘流记》中的克鲁索的英文名字 Crusoe 相比较,有一个字母之差,但发音相同。

我说:"让我来告诉您我的故事。我知道您一定很好奇我是谁以及我是怎么到这里来的。

"我叫苏珊·巴顿,是个单身女子。我父亲是法国人,为了躲避在佛兰德遭受的迫害跑到了英国。他的本名是波顿,但是被别人说走了样就成了巴顿。我母亲是英国人。

"两年前,我唯一的女儿被拐,让一个专门做人口贩卖的英国代理商弄到了新世界①,我为了寻找女儿来到了巴伊亚,尽管处处碰壁,但是我仍不畏粗暴与威胁,坚持寻找我的女儿。葡萄牙皇家政府官员声称这是英国人自己的事,不为我提供任何协助。我住在出租屋内,接点缝纫的活计,继续寻找着女儿的下落。我一直等待着消息,却始终一无所获。最后我穷困潦倒,在绝望之际,搭上一艘开往里斯本的商船。

"船驶离港口十天以后,好像我的倒霉事经历得还不够多似的,船上发生了叛乱。水手冲进船长的舱室,不顾他苦苦哀求,无情地杀了他。他们还把那些不与他们同流合污的人统统用锁链关了起来。他们将我同船长的尸体丢进一艘小船,任凭我们在大海中漂流。我不知道他们为什么要将我放逐。但是我知道我们人类对于那些遭受我们虐待的人,习惯保持一种仇视的态度,而且希望永远不要再见面。在巴西有一句谚语——人心仿佛是一片黑暗的森林,永远难以捉摸。

---

① 这个"新世界"是指美洲。此词由意大利史学家彼得·马蒂尔(1457—1526)第一次使用,他的《海洋和轨道之谜》(1516)记述了美洲的发现。

"或许是巧合——或许是哗变者计划中的一步——我是在看到这小岛后,才被放逐到大海中的。'划呀!'船员在甲板上大叫,示意我拿起桨来划船。而我则吓得瑟瑟发抖,只能在浪头中漂来漂去,他们在上面嬉笑,直到起风,船才开始漂动。

"船渐行渐远(我相信这些反叛者是要到伊斯帕尼奥拉岛①去当海盗)。整个上午,我划着船,船长的尸体就在我的脚边。我的掌心很快起了水泡——瞧!——但是我不敢停下来休息,害怕洋流会将我带离你的小岛。划船的痛楚比不上因担心要在夜里漂流于一望无际的大海而产生的恐惧,我听说深海里有很多怪物会出来吃掉海面上的猎物。

"最后,我再也划不动了。我的双手刺痛难忍,后背灼热,全身酸痛。叹着气,我从船上滑进了水里,激起些许水花。我开始朝你的小岛游。海浪将我带到岸上。剩下来发生的事情你都知道了。"

我见到了鲁滨孙·克鲁索,说了这番话。在那段日子里,他还在统治着这个小岛,我成为他的第二个臣民,他的第一个臣民是星期五。

我很高兴能向你重述我从奇人克鲁索口中听到的关于他本人的历史。但是他给我讲的关于他的故事有好几个版本,各个版本之间如此不一致,以至于我越来越觉得年纪和独居已经抽走了他一部分的记忆力:他已经不再知道什么是真相、什么是想象。有一天,他说他的父亲是个很有钱的

---

① 即海地岛。

商人,但是他不愿意留在父亲的账房里,于是他去冒险;但是第二天他又说他是没有家的穷孩子,很早就在船上打杂,后来被摩尔人抓走(他说他手臂上的疤就是烙铁所留下的印记),然后逃到了新世界;有时候,他又说他在岛上住了十五年,海难之后,只有他和星期五两人幸存下来。"发生海难的时候,星期五还是个孩子吧?"我问道。"一个小孩,只是个小孩,一个奴隶娃。"克鲁索回答道。而在其他时候,比如他发高烧的时候(难道我们不该认为发烧其实和喝醉没有两样,都会让真相不经意间自己显现?),他会开始讲述食人族的故事,讲星期五也是食人生番,又如何被他救了,没有被其他食人族烤来吃。我会问:"难道那些食人族不会再回来将星期五弄回去吗?"他会点点头。我则继续追问道:"这就是为什么你总是在留意海面吗?以防食人族归来?"他再次点点头。如此下来,到了最后,我也分不清什么是真相,什么是谎言,什么又是随口说说的。

　　回到我的故事上来吧!

　　实在是累坏了,我要求躺下来,而且很快就进入了梦乡。等我醒来,太阳都要下山了,星期五正准备我们的晚餐。虽然吃的不过是炭烤的鱼配上莴苣,我仍然吃得津津有味。能填饱肚子,双脚再次踩在土地上,我已经是感激不尽了。我向这位了不起的救命恩人致谢。如果他再询问,我也会告诉他更多关于我的事,关于我被卖掉的女儿,还有反叛的事情。但是他什么也没问,只是定定地看着日落,点着头,仿佛是在仔细聆听他体内的一个声音对他说话。

　　过了一会,我说:"先生,我能问你一个问题吗?这么多年来,为什么你没有替自己造一艘船逃离这个小岛?"

"我能逃到哪里去?"他回答,笑了笑,仿佛没有什么可能的答案。

"你可以航行到巴西的海岸边,或者在途中遇到另一艘船而获救。"

他说道:"巴西距离这里有几百英里远,到处都是食人族。至于大帆船,我们留在这里也有机会看到,而且还能看得更清楚。"

我说:"请您容我发表不同意见。我在巴西待了两年,从没在那里见过食人族。"

他说道:"你待的地方是巴伊亚,巴伊亚只不过是巴西森林边缘的小岛。"

因为这样,我很早就看出来要克鲁索自救简直是白费口舌。他在自己的岛国待了这么多年,而没人违抗他的命令,使得他的眼界更狭窄——纵使围绕着我们的海平面是如此壮美!——他自欺欺人地认为他对世界的理解已经足够了。另外,后来我发现,离开这里的欲望已经在他内心枯萎。他一心想做这个小岛的国王并在此终老一生。事实上,他并不是因为害怕海盗或是食人族才不敢生起篝火,不敢站在山丘上挥着帽子手舞足蹈,真正的原因是他压根儿就没有想被解救的意愿,另外还因为他的习惯和老年人的固执。

该是休息的时候了。克鲁索提出要让出他的床,但是我不愿意接受。我宁愿让星期五在地上帮我铺个草垫子当床。我躺在上面,距离克鲁索有一个手臂远(因为棚屋的空间很小）。昨晚我还是归家途中的旅人，今晚我却成了海上遇险者。我几个小时躺在那里毫无睡意，一是无法相信我的命运竟有如此的改变，二是起了水泡的双手疼痛难忍。不久我睡着了。我在夜里醒过一次：风已经停了，我可以听见蟋蟀的歌唱与远方海浪的怒吼。我轻声对自己说："我很安全。我在一个小岛上，一切都会没事的。"然后我用双臂紧紧环绕在自己胸前，再次进入梦乡。

屋顶上咚咚的雨声使我醒过来。已是清晨了，星期五蜷缩在炉子前，替炉子加柴火并扇风助焰（我还没有向你们描述克鲁索的炉子，那是用石头砌成的）。起初，我觉得让他看见自己待在床上有点难为情，但是我提醒自己，巴伊亚的女人在仆人面前总是很自在，我也就稍稍释怀了。克鲁索进来之后，我们一起吃丰盛的鸟蛋早餐。此时，雨水从屋顶缝隙四处滴落，滴在炙热的石头上，发出咝咝声。雨停后，太阳露出脸来，雨水在地面上形成一道道小溪流。风又开始无休止地吹着，不下一场雨是停不下来的。小岛上的天气就是风、雨，风、雨。就我所知，岛上一开始就是这样的天气形态。要说有什么原因会让我无论如何要逃离这里，不是孤单，不是生活的不便，更不是粗茶淡饭，而是大风。这一天到晚在我耳旁呼啸不停的风声，拉扯我的头发，将沙子吹入我的眼睛。有时我跪在棚屋的角落，双手抱着头，呻吟着。渐渐地，我能听到其他声音而不是风声。后来，我开始习惯了在海里洗澡，我会将头沉到水里，屏住呼吸，只是为了知道安静是什么样的。很可能你会说：在巴塔哥尼亚，风一整年地吹着，巴塔哥尼亚人从不会将头埋起来，那么她又何必将头埋起来呢？但是你要知道，巴塔哥尼亚人只知道巴塔哥尼亚这个地方，毫不怀疑地认为地球上其他地方也是一年四季如此狂风肆虐，而相比较之下我则知道得更多。

在外出对小岛进行例行检查之前，克鲁索把他的刀子给了我，并警告我不要随便离开他的城堡，因为岛上的猿猴可不会像怕他和星期五那样怕一个女人。我心想，对于猿猴来说，女人和男人有何不同？不过，我还是小心遵从指示，待在家里休息。

除了刀子以外，小岛上的工具都是用木头或石头做成的。克鲁索平整梯田（关于这片梯田我稍后会有更多说明）所用的铲子，是一把细细的木质工具，带着弯曲的手柄，这工具是一块木头雕出来的，成形后又放在火里加固过。他的鹤嘴锄是将一块尖锐的石头绑到一根棍子上做成的。我们吃饭和喝水的碗是在一块原木上面挖洞烤焦制成的。岛上没有黏土可以用来烧制任何器皿，树木十分矮小，因为风的关系，大多发育不良，扭曲的枝干很少有比我手臂粗的。克鲁索从沉船中只带回了刀子，而没有带其他任何东西，着实可惜。如果他拿了哪怕一点木工工具，再加上一些钉子和铁棍，他或许就能造出更好的工具；而有了更好的工具，生活也就不会这么辛苦，他甚至还能造一艘船，逃往文明世界。

棚屋内除了一张床，什么都没有。床是由靠皮条绑到一起的杆子构成的，工艺不怎么样，倒很牢靠。棚屋角落堆着一堆处理过的猿猴毛皮，使得棚屋闻起来仿佛存放皮革的仓库(日子久了,我反而习惯了这味道,我离开小岛后还怀念这种味道。至今,我闻到新皮革的味道都会有些眩晕)。屋角还有一个炉子,炉里总是留有余焰,因为重新生火可是一件单调、漫长而又乏味的事。

在棚屋内,我很想找一样东西,但是没有找到——克鲁索没有写日记,或许是因为他没有纸墨,但是现在我认为应该是他一点儿都没有写日记的打算。就算当初有心想动笔,后来这种想法也荡然无存。我查看支撑着屋顶的柱子以及床脚,都没有发现任何雕刻的痕迹,甚至没有任何刻痕显示他在计算自己流放了几年,或是记录月亮的周期。

稍后,当我与他更熟识时,我告诉了他我的惊讶。我说道:"假设有一天我们获救,你难道不会后悔没有在遭遇海难的这几年留下一些记录,好让你所遭遇的一切留在记忆里?就算我们永远未能获救,在我们相继去世之后,你难道不希望在死后留下一些纪念,或许下一拨旅人漂流到这里,无论是谁,都有可能读到我们的故事,也许还会在读后凄然泪下。可以确定的是,随着日子的一天天过去,我们的记忆会变得越来越不可靠,就连大理石雕像都会因为受到雨水侵蚀,最后让我们分不清楚当初雕刻家手中塑造的形象是怎样的。对于那次致命的暴风雨,同伴的祈祷,你被海浪吞噬时的恐惧,被冲上岸的感激之心,第一次跌跌撞撞的探险,对凶猛野兽的恐惧,以及第一天晚上在岛上露宿的不安(你不是说睡在树上吗?),现在你的记忆里还保留多少?难道就无法制造纸墨以便留下记忆的痕迹,让它们在你身后依然存在?就算你不会制造纸墨,难道不可以将故事烧在木柴上或刻在石头上？在这个岛上，我们或许缺乏很多东西，但就是不缺时间。"

我相信我说话的态度十分诚恳，但是克鲁索却不为所动。他说道："没有任何事会被遗忘。"接着，他又说，"我所忘记的事情，也就是不值得记忆的。"

我大喊道："你错了！我不希望和你争论，但是你已经忘记了太多事，随着日子的流逝，你只会忘记得更多！忘记并不可耻：忘记是天性，就像年老和死亡一样自然，但是从长远的角度来看，生命会失去它的特殊性。所有的海难最后都是一样的，所有的漂流者也没有什么不同，被太阳的烈焰烧灼，承受孤独，裹在他所杀死的野兽的毛皮中。真相让你的故事只属于你自己，迥异于老水手在火堆旁所编的故事：他们讲的都是些海怪、人鱼的故事。而这种真相需要你一次次记录下来，这些记录现在看起来可能不那么重要：例如什么时候你自己做了一根针（你将针放在皮带内），你用什么工具扎针眼；当你在缝制帽子的时候，你拿什么当作线？但是总有一天，这些记录会说服你家乡的人，让他们明白这些都是真正发生在你身上的事情，字字属实：大海中的确有个小岛，岛上的风呼呼作响，海鸥在峭壁上叫着，一个叫克鲁索的男人穿着猿猴毛皮制成的衣服在岛上游走，眺望海平面，寻找船只的踪影。"

克鲁索脑袋上的茶色头发和胡子从未修剪过，在微弱的光线里闪耀着。他那双劳作过的、粗糙有力的大手一会张开，一会合拢。

我怂恿他："海鸟胆汁、乌贼骨头和海鸥的羽毛管都可以利用。"

克鲁索抬起头,挑战似的望着我。他说道:"我会留下我的梯田和墙,这些就足够了,而且绰绰有余。"接着,他再次陷入沉默。至于我,我在想有谁会横跨大洋来看这里的梯田和墙,这些东西在人们自己的家乡多的是。可我不想和他争论。

我们仍旧一起睡在棚屋里,就他和我两个。他睡在床上,我则睡在星期五替我铺在地上的草垫上。我睡的草垫每隔三天更换,很厚也很舒服。夜里天冷了,我会拉一张毛皮盖在身上。这些日子,我身上只有一件到岸上以来一直穿着的衬裙,但我宁愿不披毛皮,因为毛皮的味道仍然十分强烈,令人难以忍受。

有时候克鲁索睡觉时发出的声音会吵醒我,常听到的是他磨牙的声音。他的牙齿已经坏得很厉害,使他养成了一个习惯,总是不时地磨着剩下的牙齿以缓解牙痛。他不洗手就拿食物,用左边的牙齿咬食物,因为左边的牙齿没有那么痛,那样子看上去的确不雅。但是巴伊亚以及在那里的生活经历教导我,对事情不要太吹毛求疵。

我梦见了被谋杀的船长。在梦中,我见到他在小船里,往南漂去,两支桨交叉在他胸前,船钉难看地从他眼睛里刺出来。海上波涛汹涌,狂风怒吼,大雨倾盆。但是船却没有下沉,只是缓缓地朝冰山区域漂去。在我看来,它似乎要漂向那里,嵌入冰块中,直到我们复活的那一天。他是个好心人——我现在要说这些,以免过后忘记——他理应有更好的结局才对。

因为克鲁索警告我有猿猴出没,所以我吓得不敢走出营地。但是到了第三天,等到克鲁索和星期五出去干活,我还是壮着胆子顺着下坡走了出去,我找到了星期五带我爬过的那段路,沿着路一直下坡走到岸边。我还没有鞋穿,看着自己光着脚踩在沙滩上。我沿着沙滩漫无目的地四处走了一会儿,虽然目前还不可能出现救援的机会,我还是时不时地眺望一下大海。我赤足走在水里,让我感到有趣的是,色彩缤纷的小鱼竟然来咬我的脚趾,辨别我是何种生物。如果人必须被抛到一个地方,我想克鲁索的岛对于漂流者而言并不是很糟。中午时分,我爬上山坡开始捡拾柴火,这也正是我跑出来计划要做的事情。这趟短暂的远足着实令我开心。

克鲁索一回来就发现我出去过了,他大发雷霆:"只要你生活在我的屋檐下,你就要听从我的命令!"他大吼,将铲子用力插进土里,甚至顾不得等星期五走远再说这些话。但是如果他以为凭他生气的面容就可以吓住我,让我像奴隶一样对他言听计从的话,他很快就会发现自己打错了如意算盘。我起身说道(我与他几乎一样高):"克鲁索先生,我来到你的岛上,可不是自愿选择,而是运气不好罢了。我是一个漂流者,但不是犯人。假使我有鞋子,或是如果你肯给我工具制作鞋子,我就不必像小偷一样偷偷摸摸地跑出去了。"

那天稍晚,等我的火气消了,我请克鲁索别把我说的那些话放在心上;尽管不情愿,但他似乎已原谅了我。然后我又向他要针线,为自己制作鞋子。他却说鞋子可不像手绢一样，三两下就可以做出来，说他到时会帮我做鞋子。然而，几天过去了，我还是没鞋子穿。

我向克鲁索询问关于猿猴的事。他说刚到这里时，岛上到处都是猿猴，胆子大而且淘气。他杀了许多猿猴，剩下的全都退到他称之为"北方断壁"的地方。我去散步时，有时会听见它们的叫声，看到它们在岩石之间跳来跳去。从大小上看，猿猴介于猫和狐狸之间，它们的毛是灰色的，脸和手掌都是黑的。我看不出它们有任何杀伤力，而克鲁索却将它们当有害的动物看待。他和星期五只要看见它们就用棍棒宰杀，剥下毛皮暴晒，然后制成衣服、毯子或诸如此类的物品。

一天晚上，我正在准备晚餐，因为忙不过来，便对星期五说："星期五，再去给我多拿些木头来。"我敢发誓星期五听见了我的话，但却纹丝不动。我又说了一遍"木头"这个词，然后指了指火。他站了起来，却什么也没做。接着，克鲁索开口说道："柴火，星期五。"星期五便到柴堆那儿去拿柴火了。

我的第一个念头是，星期五像条狗一样，只听主人的命令，然而事实并非如此。克鲁索说："我教他的词是'柴火'，他不知道'木头'这个词。"我纳闷，难道星期五不了解柴火就是一种木头，就像松木或是白杨木也是一种木头，但是我没有再追问下去。我们吃完饭，坐着看天上的星星时，我才又开口说话（我们已经养成了看星星的习惯）。

"星期五学会了多少英文单词？"我问。

克鲁索回答道："数量足够应付他的日常需要。这里不是英国,我们不需要太多的单词储备。"

我说道:"听你这么说好像语言是生活中的祸根,如同金钱或是天花一般。但是,如果星期五掌握了英文,难道不能帮你减少一些孤独感吗?几年下来,你和他就可以享受聊天的欢愉。你完全可能已经教会他文明人的生活,并且成为懂礼数的人。没有声音的生活有何乐趣可言?"

克鲁索没有回答,却将星期五叫到跟前,说道:"星期五,唱歌,为巴顿女士唱首歌。"

于是,星期五服从主子的命令,扬起脸对着星星,闭上眼睛,开始以低沉的嗓音哼起歌来。我听着,却听不出什么调子。克鲁索拍拍我的膝盖,然后说:"这是男人的声音。"我正想问明白这是什么意思,但他将手指放在唇上,示意我安静。我们就这样,在黑暗中听着星期五的哼唱。

最后,星期五停下来。我问道:"星期五是不会说话的低能儿?这就是你想要告诉我的事?"(我之所以重复,是因为我发现星期五反应迟钝。)

克鲁索示意星期五再靠近一点。"张开你的嘴巴。"他对星期五说,然后也张开了自己的嘴。星期五张开嘴。"瞧。"克鲁索说。我看了看,里面黑漆漆的,除了象牙般发亮的牙齿外,什么也看不到。克鲁索说:"啦——啦——啦。"星期五用嗓子后部发音,"哈——哈——哈。"克鲁索拽着星期五的头发,将他的脸拉到我面前说:"你看到了吗?星期五没有舌头。"我说:"太黑了,看不见。"克鲁索说:"啦——啦——啦。"星期五说:"哈——哈——哈。"我退开了,克鲁索放开了星期五的头发,说道:"他没有舌头。

这就是他不能说话的原因。他们割掉了他的舌头。"

我不可思议地问:"谁割了他的舌头?"

"奴隶贩子。"

"奴隶贩子割掉他的舌头将他卖去当奴隶?非洲的猎奴者吗?他被带走时一定还是个孩子。他们为什么要割掉一个孩子的舌头?"

克鲁索定定地看着我。虽然我不是很有把握,但我相信他在微笑。他说道:"或许那些奴隶贩子是摩尔人,认为舌头很好吃;或许他们对于星期五没日没夜哭哭啼啼感到厌烦;或许他们是为了不让星期五说出自己的故事:他是谁,家在哪里,如何被带走的;或许他们将每个抓来的食人族的舌头都割掉,以示惩罚。我们怎么会知道真相?"

"这是个可怕的故事。"我说,所有人突然沉默下来,星期五收拾碗筷,消失在黑暗中,"天理何在?一开始当奴隶,再后来变成海上漂流者。他没有童年,一辈子无法说话。上帝难道睡着了?"

克鲁索说道:"如果上帝在看着我们,那么谁去采棉花,砍甘蔗?为了让世界继续运作下去,上帝一定就像低等生物一样,有时睡着,有时醒着。"他看到我摇头,继续说道,"你以为我在嘲笑上帝。不是的,或许是上帝让星期五遇到仁慈的主子,在这个岛上找到他自己,而不是活在巴西农场主的鞭子下,或待在到处都是食人族的非洲森林里。虽然我们不这么认为,可也许这是上帝最好的安排,他应该待在这里,我应该待在这里,现在你也应该待在这里。"

一直以来,我将星期五看作影子一样的人,对他的关注不比对在巴西的家仆多多少。但是,现在,我看着星期五——我无法克制自己——带着一种天生的对残疾者的恐惧。虽然星期五外表看起来和其他黑人一样,但是他的残缺是内在的,封锁在嘴唇之后(如同其他包裹在衣服之下的残疾),这绝对不是让人感到舒服的事情。说真的,他残疾的内在性,让我有点怕他。他在的时候,我不敢说话,因为我总是会忍不住想到在我说话时,舌头如何在我的嘴里蠕动。我脑海里老是出现一幅画面:钳子夹住他的舌头,然后用刀子割掉。想到曾经发生这种事情,我禁不住浑身战栗。他吃饭时,我偷偷地观察他,很不舒服地听到他不时地咳嗽或清喉咙的声音,我看见他像鱼一般,用门牙咀嚼食物。他靠近我时,我有些瑟缩,或屏住呼吸不去闻他的味道。趁他不注意时,我偷偷清洗他碰触过的餐具。我对自己的行为感到羞耻,但是我控制不了这种行为。我很后悔要求克鲁索告诉我那些故事。

我们交谈之后的第二天,克鲁索到田里干活,我则穿着自己做的凉鞋到处逛。我自己做鞋省了他不少的时间,但是如果以为这样就会得到他相应的感激,那就错了。他说:"再多点耐心,你就会有一双更好的鞋子。"确实如此,因为凉鞋制作得很粗糙。我不能对他的话没有反应,于是反驳道:"耐心让我成了囚犯。"克鲁索大发雷霆,拿起我做鞋子剩下的皮料,使劲朝围栏外扔去。

他的怒气一时半会儿消不了,于是我独自朝着岸边走去。我走到一处海滩,那里布满被冲到岸边的海藻。海藻都烂了,每走一步,就会惊起一大群跳蚤或是沙蚤。我停下脚步,冷静了许多。我对自己说,他是很刻薄,为什么他不可以刻薄呢?他在自己的独立王国做了这么多年说一不二的主子,而如今自己的王国有人入侵,还得听一个女人的吩咐。我发誓不再乱说话了。我被遗弃在这岛上,这个岛由我的一位同胞统治着,他的远见让他带着刀和一个仆人游上这个小岛。如果我不到这里,运气也许更糟。我很可能被遗弃在一个荒岛上,与狮子和蛇为伍;也许那个岛上终年不下雨;或是有一个因为太孤单而发狂的外地探险者,全身赤裸,性情残忍,靠吃肉为生。

我带着悔恨之心回去找克鲁索,请求他原谅我拿了他的毛皮,满怀感激地吃着星期五为我留的食物。那天晚上睡觉时,我似乎感到大地在晃动。我告诉自己那是对摇晃的船只的记忆。但事实并非如此:岛屿在摇晃,仿佛漂浮在海上。我想,这是一个征兆,一个我将成为岛上居民的征兆。我已经忘记住在陆地上的滋味了。我伸长手臂,掌心朝向地面,地面仍然在摇晃,小岛晃动着,就像航行在黑夜海洋上的一艘船。这艘船装载的是海鸥、麻雀、跳蚤、猿猴和海上漂流者,除了我,他们对此都不知晓。我微笑着进入梦乡。我想,这大概是自从我登上开往新世界的航船以来,第一次开心地笑。

他们都说英国也是个岛——一个大岛。但那只是地理学的概念。在英国,我们脚下的土地是坚实的,一点儿都不像克鲁索的小岛。

现在我有了鞋子,我每天都穿着鞋子走到海边,不管是哪一个方向,我都尽可能走得更远。我告诉自己要注意海上的船只，但是我的眼睛常常定在海平面的某处。风声、海涛声，还有脚踩沙子发出的沙沙声让我感到舒缓，陷入一种清醒中的安眠状态。我找到一个洞穴，它可以帮助我挡风，从那里还可以望到海面。有时，我觉得这里就像我的私人藏身处，在这个岛上，一个属于我的地方。实际上，这个岛不属于克鲁索，也不属于葡萄牙王国、星期五或者是非洲的任何一个食人族。

我可以告诉你许多关于我们在岛上生活的事：我们如何让火苗日以继夜地闷烧；如何制盐；在没有肥皂的情况下，我们如何用灰清洗身体。有一次我问克鲁索，他是否知道如何制作一盏灯或是蜡烛，这么一来，我们就不必像野兽一般天一黑就休息了。克鲁索回答我："学会在黑暗中摸索，和宰杀一头鲸鱼并从它的身上取出油脂做蜡烛相比，你认为哪样更容易？"我有许多尖酸刻薄的话想用来反驳，但是我没有忘记自己发过誓不要乱说话。我发现道理很简单，克鲁索不会容忍他的岛屿上有任何改变。

我在岛上生活了一个月左右的时候，一天早上，克鲁索从田里回来，嘴里直说不舒服。看他全身发抖，我扶他上床，替他盖上毛皮取暖。他说道："我得了热病，老毛病了，无药可治，我必须要经历整个发病过程。"

连着十二天，我日以继夜地照顾他。他病情发作时，我就压住他的身体；看见阴暗处有什么东西时，他会一边哭喊，一边挥舞拳头，并用葡萄牙语破口大骂。有天晚上，他一连呻吟、颤抖了好几个小时之后，手脚冰冷。我在他身旁躺下来，用手臂抱住他，帮他取暖，害怕他就这样死去。他在我的怀抱中睡去,我虽然睡得并不安稳,但也睡着了。

在这些日子里,星期五没有帮我什么忙;相反,他极力躲避着棚屋,好像我们两个人有瘟疫似的。天亮之后,他拿着渔叉出去,回来时,他将当天的收获放在炉子旁,将肠子和鱼鳞清除干净,然后躲到花园远处的角落,像猫一样蜷曲着身子睡觉,或用他的芦笛重复吹奏一首只有六个音符的曲子。他似乎对这个曲调永远不感到厌倦。有一天,我被他搞得烦透了,走到他身旁,从他的手中将笛子抢过来,要不是怕吵醒克鲁索,我还会臭骂他一顿,管他听不听得懂。星期五站起来,惊愕地睁大眼睛,那是因为我以前从未对他发过脾气,或这么在意他的存在。

克鲁索逐渐好转。他眼中狂野的目光缓和了不少,脸部线条也趋于柔和。他不再发作,可以安稳地睡觉了,胃口也恢复了。很快地,在不需要搀扶的情况下,他可以从棚屋走到花园,对星期五发号施令了。

我很高兴他恢复健康。在巴西,我看到许多年轻人被热病夺走生命。曾有一天一夜的时间,我以为克鲁索就要撒手归天了,留下我独自面对星期五,内心不禁蒙上一层阴霾。我相信克鲁索恢复健康的原因来自他精力充沛的生活——朝气蓬勃的生活、简单的饮食,而不是我有什么妙招治好了他的病。

此后没多久,岛上又起了大风暴,狂风咆哮,大雨倾盆。一阵强风吹来,刮走了棚屋的一部分屋顶,我们小心守候的火苗也被雨水浇灭。我们将床挪到屋内最后一块干燥的地方,而那一块地方很快便也泥泞不堪了。

我心想星期五肯定被风雨的怒吼吓怕了（我从不知道还有这样大的风暴，不禁想到海上的水手们有多可怜）。其实不然，星期五坐在屋檐下，头埋在膝盖上，像个孩子似的睡着了。

大雨继续下了两个晚上。第三天早上才放晴。我们走到屋外伸展四肢，发现附近的花园已经被大水冲走，通往山下的小径也被大水冲击出一个及腰的深沟。海滩上到处都是被海浪冲上岸的海藻。接着，又开始下雨。第三天晚上，我们三个全躲在残破的避难所里，饥寒交迫，而且无法生火。

那天晚上，本来似乎完全康复了的克鲁索抱怨天气太热，将衣服全脱掉，躺在那里喘气。接着，他开始胡言乱语，翻来覆去，似乎无法呼吸，眼看着床就要垮了。我试着抓住他的肩膀安抚他，但是他将我推到了一边。他的身体剧烈地颤抖，如同木板一般僵硬，嘴里大喊着"马萨"或是"马莎"——一个我找不出任何意义的字眼。星期五被喧嚣惊醒，拿出他的笛子吹起那该死的旋律。在这个风雨交加的时刻，克鲁索叫着，星期五吹奏着音乐，我一度以为自己身处疯人院。我抱住了克鲁索，不断地安慰他。最后，他终于平静了下来。星期五也不再吹奏音乐，甚至雨都变小了。我让克鲁索紧靠在我身上取暖，他不再颤抖，我们两个都沉沉地睡去。

次日早上，我醒过来，发现四周出奇地安静，暴风雨停止了。有只手正抚摸我的身体。糊里糊涂中，我还以为自己仍在小船上，在那个葡萄牙船长的床上。但是我一翻身，看到克鲁索的乱发,从未修剪过的大胡子,还有发黄的眼睛,我才知道眼前的一切是真的。我漂流到一个荒岛上,与一个名叫克鲁索的男人一同待在这里。虽然他是英国人,但是在我看来,他就像北欧拉普兰人一样陌生。我拿开他的手,想要起身,但是他却抓住我。当然,我本可以挣脱他,因为我比他强壮许多。但是我想,他有十五年没有碰女人了,难道就表示他不会有欲望?所以我不再拒绝,任凭他按自己的意志行事。当我离开棚屋时,心里庆幸不见星期五的踪影。我走了一段路,然后坐下来整理思绪。在我身旁的矮树林里有一群麻雀,它们毫无畏惧,好奇地点着头。在这个岛上,它们打从一出生就不知道怕人。对于发生在我与克鲁索身上的事,我后悔吗?如果我们继续按兄妹、主客、主仆或是其他什么身份生活在一起,那样会更好吗?机缘让我漂流到克鲁索的荒岛上,机缘将我送到他的怀抱里。在这个充满机缘的世界里,真的有更好或是更糟吗?我们要么屈从在陌生人的怀抱里,要么将自己投向大海。一眨眼的工夫,我们的警觉性松懈了,我们睡着了;当我们醒来后,发现已失去生活的方向。对这些一眨眼的工夫的唯一对策是永恒的、非人性的警醒,这些一眨眼的工夫究竟是什么?难道不是裂开的声音?通过这些裂口,另外一个声音,或另外一些声音在我们的生命中说话,那我们有什么权利盖住耳朵不去聆听?这些问题在我的脑海里回荡,却没有任何答案。

一天,我在小岛北边尽头的悬崖上散步。我四处张望,看见星期五在悬崖下方,肩上背着一根几乎与他一样高的木头。我注视着他，他跨过从悬崖处突兀出来的岩床，将他的木头丢进水里——那地方水很深——然后双腿跨了上去。

我多次观察过星期五捕鱼时的情形。他站在岩石上，等待鱼群在水底聚集，然后举起矛，迅速刺向鱼群。但是他腹部朝下趴在这简陋的小船上，要如何刺到鱼，我就不得而知了。

然而，星期五并非在捕鱼。他从暗处划了几百码，一直划到长满海藻的地方，手伸进挂在脖子上的袋子里，取出一把白色的小薄片，撒在水面上。起初，我以为这是吸引鱼群游过来的诱饵，但是撒完了这些小薄片，他便掉头返回暗礁。因为洋流汹涌起伏，他好不容易才将木头推上岸。

我很好奇他在水面上撒的是什么，于是等到晚上他去装水时，我到他的床垫下搜寻，结果找到一个绳子绑着的小袋子，发现里面装的是岛上的刺藤开花时的花蕾和白色花瓣。我猜想，他这么做是在向海神祈求鱼群源源不绝，或是其他迷信的宗教仪式。

次日，大海依旧十分平静，我横过峭壁下方的岩石，循着星期五昨天走过的路，走到暗礁边缘。海水的颜色深且冰冷。我原本想跳进深海里游过去，不管有没有木头，并借此游到长满海藻的那个地方，但是乌贼一定暗中等着猎物送上门，一想到这里，我禁不住打了个寒战。星期五撒下的白色花瓣此刻已经消失得无影无踪。

一直以来，我总将星期五当成像小狗或者其他低等生物一般不予重视——他身上的残缺令我退避三舍，我甚至打心眼里不愿意想起他。撒花瓣这项仪式让我明白他是有灵魂的。这种灵魂（你也可以用其他的词称呼）在他那愚钝、不讨人喜欢的外表下，悠悠地波动着。

"你和星期五乘坐的船是在哪里沉下去的？"我问克鲁索。

他指向一处我从未探访过的岸边。

我说道："如果我们现在可以潜到船的残骸处，或许可以找到许多非常有用的器具，像是锯子、斧头之类我所缺乏的工具。我们还可以松开甲板带回来。难道没有其他方式搜寻那艘船吗？难道不能要求星期五游过去或乘着木头漂过去，然后潜入海里？为了安全起见，可以在他的腰间系上绳子。"

克鲁索答道："船沉在海底，船身早就被大浪打散，埋进沙子里；况且盐分以及寄生虫生存的部分也不值得冒险抢救。我们头上有屋顶，不需要依靠锯子或者斧头也可以盖成。我们照样可以吃，可以睡，可以过活。我们不需要仰仗工具。"

他将工具看作异教的侵略，但是我知道，如果我在脚踝处绑上一把锯子来到这个岛屿，他会很高兴地利用这把工具。

再来说说克鲁索的梯田。

梯田覆盖了小岛边的大部分土地，这里是绝佳的挡风屏障。我刚来到岛上时，梯田有十二层，每一层宽二十步的距离，边缘以石头垒起一码厚的墙，大约到一个男人的头部那样高。每层梯田的土地都被夷平并被清理干净，砌墙的石头都是从土里挖出来的,或一块块地从别的地方运过来的。我问克鲁索用多少块石头砌这道墙。他回答说成千上万的石头,甚至更多。我评价道,这真是一件大工程。但是我暗自心想,难道相比之下,用墙围起来的一片被太阳炙烤的光土地,就比岛上原本的鹅卵石、灌木丛和鸟群更好吗?"你计划要铲平岛上的植物,将它变成梯田的面貌吗?"我问。"这要耗费许多时间和劳力才能办到。"他回答。我想,他似乎有意只去理解我的问题的字面意思。"如果要种植作物,你要种什么?"我问。他说:"种植哪种作物的决定权不在于我们。我们没有东西可种植——这是我们的不幸。"他以一种含歉意的眼神看着我,但又不失尊严。我真后悔问了这个问题。但是克鲁索接着说道:"种植是那些后来者的事。他们有先见之明,随身带着种子。我只负责帮他们整理土地。清理土地、堆石头虽然都是小事,但总比闲着没事干好。"他又兴致高昂地说了一句,"我请你记住,并非每个漂流到孤岛的人,内心都会觉得自己是被抛弃的。"

我仔细思索他的话,却不得其解。越过这片梯田,我看见一个上了年纪的人在大热天里干活,从土里挖出石头,或是很有耐心地除草;他等了一年又一年,一直等到有海上漂流者带着一袋玉米来到这个岛上。这真是我所见过的最愚蠢的耕作方式。在我看来,他还不如用这些时间在地里挖金子,或者替自己和星期五挖墓地。如果他愿意,也可以为将来所有漂到这个岛屿的海上漂流者挖墓地,当然也可以帮我挖。

日子变得越来越索然无味。我向克鲁索问够了有关梯田,有关他不愿意造船、不愿意写日记、不愿意从船的残骸里拿回工具,以及星期五的舌头等等问题之后,除了天气,我们之间再也没有别的话题可聊了。克鲁索对于海难发生之前做过商人和农夫的经历没有任何可讲的。他也不感兴趣我是如何去巴伊亚的,以及在那里是如何生活的。当我聊起英国,以及我获救之后想要去看或是去做的事,克鲁索似乎听都没有听见。好像他希望他的故事是从他到了岛上之后才开始,而我的故事则是从我到了这个岛之后才算数,他希望我们俩的故事都在这个岛上结束。我暗忖,无论如何都千万不能让克鲁索得救,因为这个世界期待的是冒险的故事,而不是他在十五年内搬了多少石头,从哪里搬到哪里。一个获救的克鲁索将令全世界的读者大失所望。那个想象中的身处岛上的克鲁索,比真实的、身处异化英伦岛的那个不苟言笑、令人沉闷的克鲁索要有趣得多。

  我的时间都花在悬崖上,或者沿着海边散步,否则便是睡觉。我不想跟着克鲁索一起在田里干活,因为我觉得那是一件愚蠢的工作。我做了一顶可以盖住耳朵的帽子,我戴着它,有时候在耳朵里塞上东西以阻隔风声。我变成了聋子,如同星期五是个哑巴。反正在这个岛上又没有人说话,听与不听又有何差别?我漂流到这里所穿的内衣现在已经破破烂烂。我的皮肤和印第安人一样被晒成古铜色。我正值花样年华,却遭受如此不幸。我没有哭泣,但是有时候我发现自己坐在地上,双手遮眼,前后摆动身体呜咽着,不知道自己为何要来到这里。星期五将食物摆在我面前,我用肮脏的手指抓着饭菜,像狗一样狼吞虎咽。我蹲坐在花园里,不在乎有谁瞧见我的模样。我不断地望着海平面。无论谁来都无关紧要,西班牙人也好,莫斯科人或是食人族也无所谓,只要能让我离开这里就好。

这对我而言是一段最昏暗的时光,日子过得毫无生气,充满绝望。我极度依赖克鲁索,就像他在热病发作时极度依赖我一样。

慢慢地,我恢复精神,开始分担一些轻松的工作。虽然我对克鲁索仍不够热心,但是想到他能够容忍我的情绪化,没有将我赶走,我还是十分感激的。

克鲁索没有再碰我,相反地,他和我保持距离,好像我们之间什么事都没有发生过。对于这一点,我并不感到遗憾。但是我得承认,如果我说服自己在这个岛上待一阵子,我也许会再次献身给他,或死缠着他,或想尽办法怀孕并生下孩子。他是那么孤僻和沉默,与他一同生活会将我逼疯,而要与星期五一起度过我人生最后几年的情景,简直无法想象。

一天,我问克鲁索他在岛上是否有法律,这些法律会是什么;还是他宁可跟随自己内心的支配,相信他的心可以引领他走上正途。

他告诉我:"制定法律只是为了一个目的:就是在我们不能节制自己的欲望时,给我们一定的限制。而如果我们的欲望是有节制的,我们就不需要法律。"

我说:"我有一个不可节制的欲望,就是获救。这个欲望日以继夜地煎熬着我,我一心只有这个念头。"

克鲁索说道:"我对于你内心的欲望一点兴趣都没有。

你的欲望与其他的事情有关,与这个岛毫不相干,不关这个岛任何事。在我们这个岛上,我们要劳动才有吃的,除了这个铁律,没有任何其他法律。"说完,他就走开了。

这个答案不能令我满意。如果我是个多出一张嘴要吃饭的人,那么既然我没有分担任何有益的劳动,为何克鲁索不将我的手脚捆绑起来,并将我从悬崖上丢到海里?是什么阻止星期五趁主子熟睡时,拿石头砸破他的脑袋?这样他可就能结束自己的奴隶生活,一个人过着舒服的日子,什么事都不用做了。是什么阻止克鲁索每天晚上将星期五像条狗一样绑在柱子上,好让自己睡得更安稳?是什么使他没有将星期五的眼睛蒙起来?在巴西,人们都是将驴的眼睛蒙起来的。对我来说,岛上什么事情都有可能发生,暴政或是酷刑,尽管规模可能很小。排除所有的可能性,单说我们之间在这个岛上相安无事地生存着,就可以确定:我们之间存在着某种特定的规矩;或者说,我们一直追随着自己的心,而我们的心还没有出卖我们。

"你如何惩罚星期五,让他知道自己做错了事?"我又问了另一件事。

克鲁索答道:"没有必要惩罚星期五。他和我生活了好多年。他只有我这么一位主人。他所有的事情都听从我的指示。"

"可是星期五的舌头没有了。"我脱口而出。

"星期五在成为我的奴隶之前就没有舌头。"克鲁索说,眼睛盯着我。我沉默不语,但是心里却想着:我们每天都在被惩罚。这个岛就是对我们的惩罚,我们注定要待在这个岛上,互相伴着对方,一直到死亡。

我对克鲁索的看法并非一向如此苛刻。一天晚上,我看见他站在悬崖上,在他身后是红色的和紫色的夕阳。他眼睛盯着大海,手里拄着一根手杖,头上戴着圆锥形的帽子。我有一个想法:他有着国王般的形体,是岛上真正的国王。我回想自己经历的抑郁的低谷,我曾经无精打采地游荡,为自己的不幸落泪。就算我知道自己有多么不幸,我的不幸又怎能和克鲁索这些年的悲惨遭遇相提并论?他勇敢面对大自然,打败孤独,活在自己建立起来的胜利中,难道这样不算是英雄行为吗?

当我看到克鲁索那天傍晚的样子,我还以为他和我一样是在眺望海平面寻找船只,然而我弄错了。他站在悬崖上远眺,其实是在凝望海与天的交界处。星期五从不会在那种时刻打断他。我有一次毫不知情地凑近他,却被骂了一顿,之后几天我们两个都没有说话。对我而言,海与天就是海与天,空茫且乏味。我可没有闲情逸致去欣赏这种空灵。

我一定得给你讲讲克鲁索的死亡以及我们的获救。

我来到小岛一年多的时间了,有一天早上,星期五将他那虚弱、眩晕的主人从田地里带回家。我马上意识到他又犯热病了。带着一种不祥的预感,我脱掉他的衣服,将他搀扶到床上,准备好好照顾他。我真希望自己懂得如何拔火罐和放血。

这一次克鲁索没有胡言乱语、大叫或是颤抖。他躺在那里,浑身像鬼魂一样苍白,还不停地冒着冷汗,眼睛睁得大大的，嘴巴好像在说些什么，但是我却无法得知。我心想，他大概快死了，我救不了他了。

第二天，克鲁索凝视海面的魔咒被解除了，一艘准备开回布里斯托的名为"约翰·霍巴特"号的商船，满载着棉花和靛青，在岛外抛下锚，上岸了一群人。我之前并不知道，直到看见星期五慌慌张张地跑进棚屋，抓起他的渔叉，朝着猿猴出没的峭壁跑去，我才走出屋子，看到下面的船，看到水手们正忙着整理索具，划艇的船桨也伸进水里，我兴奋地跪了下去并大叫起来。

当三名水手要将克鲁索从床上抬到担架上时，克鲁索才知道有陌生人来到了他的王国。水手们抬着他，沿着下坡的路走向海边。那时，他一直以为自己在做梦。等到他被绳索吊着抬上"霍巴特"号，闻到沥青的味道，听到甲板上传来的咯吱声，他才清醒过来并奋力挣扎，一些强壮的水手费了好大一番功夫才将他制服。

我对船长说："岛上还有另外一个人，他是黑奴，名叫星期五，他往北边海岸的峭壁逃走了。你对他说什么都没有用，因为他听不懂。必须花费一番力气才能逮到他。我恳求你派人到海岸走一趟，因为星期五不只是个奴隶，他更是个孩子，我们有责任照顾他，不能将他一个人丢在那里，这比判他死刑还糟糕。"

他们关注了我为星期五所做的哀求。船上的三副下令派一组人去寻找，并要求绝对不能伤害星期五，因为他不过是个可怜的傻子，只要将他带上船就好。我说我愿意与他们一道去，但是史密斯船长不同意。

因此我和船长一起坐在舱室里,吃着一盘咸猪肉和饼干。吃了一年的鱼,换成了这些东西真是不错。我还喝了一杯白葡萄酒,然后告诉他关于我的故事,就和我对你说的故事内容相同,他则听得津津有味。他忖度道:"你应该将故事写下来交给出版商。就我所知,在你之前,我们国家还没有过女性海上遇险者。这一定会引起很大的震撼。"我难过地摇摇头,答道:"要是您听我来讲,我的故事还是能解闷儿的。但是我虽然不太懂写作的技巧,也明白自己写出来的拙劣文字,会将本来很迷人的东西弄得黯然失色。任何东西一写出来就会失去一些鲜活性,这种损失只有艺术能弥补,而我对艺术一窍不通。"史密斯船长说:"我不过是个水手,对于什么是艺术,我没有发言权。但是我觉得你不妨试试,出版商自然会雇人对其加以调整,在各处润色一番。"我说:"我不想里面有任何谎言。"船长笑了笑,说道:"这我可无法担保,他们卖的是书,不是真相。"我口气十分坚定地说:"如果我不能以作者的身份出现,发誓自己的故事是真实的,那还有什么可以值得读的?我还不如躺在奇切斯特①温暖舒适的床上做自己的好梦。"

这时,我们被叫到甲板上。去岛上的水手已经坐船回来了,我非常高兴地在水手之中看到了星期五黑色的轮廓。小船停靠好后,我呼唤着:"星期五!星期五!"然后对他微笑以示一切都好,水手是朋友,不是敌人。但是星期五被带

---

① 奇切斯特,英格兰南部自治市,位于南安普敦以东英吉利海峡附近。曾被罗马人称为瑞固姆,中世纪时是一个大港口。

上船后,并不看我的眼睛。他耷拉着肩,低着头等待处置。我问船长:"可以带他到他的主人那里吗?当他看到克鲁索先生被很好地照顾着,就会明白我们是好意的。"

因此,当船帆升起,船艏转好了方向准备出发的时候,我便带领星期五往下走到克鲁索躺卧的舱室。我说道:"星期五,这是你的主子。他服了药,正在睡觉。你可以看出来这些人都是好人。他们会带我们回英国,也就是你主子的故乡,你也可以在那里获得自由。你会发现,在英国的生活比岛上的生活要好得多。"

我当然知道星期五不明白这些话的意思,但是我很早就深信他听得出语调,当有人对他表示真诚时,他可以从人们的声音中分辨出来。所以我继续和他说话,一遍又一遍地对他重复同样的词句,同时将自己的手放在他的手臂上安抚他。我带他到他主人床边,让他跪下,直到感觉到我们已经平静下来。陪伴我们的水手们开始打哈欠、走来走去。

大家都认为我应该睡在克鲁索的舱室里。至于星期五,我要求不让他与其他水手待在一起。"他宁可睡在主子脚旁的地板上,也不会愿意睡在天底下最柔软的床上。"我说。因此星期五获准待在克鲁索的舱室外几步远的横梁下。我偶尔带他去见他的主人。每当我和他说话时,我总是面带笑容,然后碰碰他的手臂,仿佛对待受到惊吓的马儿。我知道船与水手一定会唤醒他内心深处的记忆,令他想起他曾经被带离家乡,送往新世界并失去了自由。

整趟旅程下来,我们都受到很好的礼遇。船上的医生一天探视克鲁索两回,并且帮助克鲁索放血。然而背地里,医生却对我摇头叹息道:"你丈夫的日子恐怕不多了,我们的船早点到那个岛上就好了。"

(我应该告诉你们,史密斯船长建议我将克鲁索称为我的丈夫,并说我们是一同遭遇海难,一起登船的,理应一起回到英国——这么说会对我较好。如果我将在巴伊亚或是关于船员反叛的故事说出来,世人将很难理解我是怎样的一个女人。他说这话时,我笑了起来——说真的,我到底是个怎样的女人?——但是我仍然听从他的建议,因此船上的人都知道我是克鲁索夫人。

有一天晚餐过后——这些日子以来我都是与船长同桌吃饭——他在我耳旁轻声说,待会儿如果我肯赏脸到他的舱室喝杯甜酒,他会感到十分荣幸。我假装他的邀请只是客套,所以并没有去。他没有再给我任何压力,但是仍然像以往一样很有风度。我发现他真的是一位绅士,虽然他告诉我他不过是区区一个船长,一个小贩的儿子。)

我将食物带到克鲁索床旁,把他当成孩子一样地哄他吃。有时他似乎了解自己身居何处,但是有时不知道。一天晚上,听到他起身的声音,我点了根蜡烛,看见他站在舱室门口,推挤着门,不知道门是要往内开的。我走到他身旁,看到他泪流满面。"过来,我的克鲁索。"我轻声地说。我将他扶回床铺,安抚他一直到他睡着了。

在岛上时,我还相信克鲁索能摆脱发烧,因为之前他有很多次都做到了。他虽然称不上年轻,但身体还算硬朗。而如今在船上,他要死了,死于一种悲痛,一种极大的悲痛。日子一天天过去,他距离他思念的小岛越来越远,再也回不去了。他成了囚犯,而我,尽管不情愿,却是他的看守。

有时候在睡梦中,他会喃喃说着葡萄牙语,他回忆起过去时总是如此。这时我会抓住他的手,或躺在他的身旁和他说话。我说道:"我的克鲁索,你是否还记得,那场暴风雨吹走了我们的屋顶,我们夜里躺在一起,看着流星,在月光下醒来,还以为天亮了?到了英国,我们的头上会有屋顶,任何风都无法将它吹走。但是,难道你不认为小岛的月亮比英国的要大得多,而且星星的数目也多得多?或许在小岛上我们和月亮的距离比较近,就像我们和太阳的距离比较近一样。"

我继续说道:"可是想想!如果我们在那里距离天堂比较近,为何那个小岛没有什么不寻常的地方?没有奇异的水果,没有蛇,也没有狮子?为何从来没见过食人族?当英国的同胞们想听我们的故事消遣一下时,我们要告诉他们些什么呢?"

我说道(这不是同一天晚上,而是另一个晚上。船在波涛中破浪前进,距离英国越来越近):"克鲁索,你难道忘记了在巴西的某个人吗?你的姐姐不是等着你回去掌管巴西的财产吗?而且有个忠诚的管家还在帮你记账?我们难道不能去找你在巴西的姐姐,躺在满是星星的巴西的天空下,肩并肩地一起睡在吊床上?"我躺在克鲁索身边,用舌尖舔着他毛茸茸的耳窝,我的双颊摩擦着他的胡须,我的身体压在他身上,我的大腿用力抽动,蹭着他的身体,"我在你的体内游泳,我的克鲁索。"我小声地说着,身体游移着。他的身材高大,我的身材也很高大。这种游泳,这种攀附,这种耳语——这是我们的媾和。

我谈起小岛。我说道:"我们会去找玉米商,我答应你,我的克鲁索,我们会去买一袋玉米,就买那里最好的。我们将搭船到美洲去,在途中遇到暴风雨,然后漂流到你的小岛上。我们会在梯田上种植作物,让它开花结果。我们一定做得到。"

我不是随便说说,而是肺腑之言:克鲁索举起瘦骨嶙峋的双手,将我的手贴近他的唇,流下了眼泪。

在我们距离港口还有三天船程的时候,克鲁索去世了。我和他挤在狭小的船铺上,夜里我听见他长长地叹了一口气。之后,我感觉到他的双腿逐渐冰冷,于是我点起了蜡烛,摩擦他的太阳穴和手腕,但这时,他已经走了。我走到外面对星期五悄声说:"你的主人死了,星期五。"

星期五躺在狭小的地方睡觉,身上裹着一件医生帮他找来的旧外套。他的双眼在烛光中闪烁,但是非常平静。他明白死亡的意义吗?在他的岛上,尚未有人经历过死亡。他知道我们像动物一样会有死去的一天吗?我伸出手去,他却毫无反应。我知道他明白某些事情,虽然我不知道他明白了些什么。

克鲁索的葬礼在第二天举行。船员们全部脱帽站立,船长念了祈祷文,两名水手搬动克鲁索的尸体和他的遗物,将它们连同裹尸体的帆布一并缝合,最后一针穿过他的鼻子后(星期五和我观看了整个过程),用链子捆起来,将尸体丢进海里。整场葬礼下来,我感到船员们对我投来好奇的目光(我很少到甲板上去)。我穿着船长借给我的黑大衣和水手的马裤,脚上穿着猿猴皮做成的凉鞋,模样一定很奇怪。他们真的以为我是克鲁索的妻子,还是故事已经传到他们的耳朵里——水手们平常最爱咬舌根——从巴伊亚来的英国女人因为遇到葡萄牙船员反叛,被丢到大西洋孤立无援?福先生,你认为我是克鲁索夫人还是胆大的冒险家?随便你怎么想,是我和克鲁索睡同一张床,为他合上眼睛,也是我在处理着克鲁索身后留下的关于他那座岛的故事。

第 二 章

四月十五日

我们现在住在隆阿克里的时钟巷。我以克鲁索夫人的名义至此住下,相信你们应该记得我这个称号的由来。我住在二楼的一个房间。星期五睡在地下室的床上,我帮他送饭过去。我绝不会将他丢在岛上不管,但是大城市真不适合他。上周末我带他去街上逛,可我的内心十分痛苦,因为他显得很困惑和悲伤。

我们的房租一星期要五先令。无论你为我们送什么来,我都十分感激。

我已经尽可能详细描述我在小岛上发生过的事,现在随信寄上。那不过是一些悲惨混乱的事件(是历史而非时间)——"第二天",接着又是"第二天,第二天……"不断重复的字眼。但是你应该知道如何去润饰。

你一定感到好奇,我为何会挑上你,一星期前我还不太知道你的名字。我承认第一次见到你时,我以为你是律师或在交易所上班的人。但是和我一起干活的一个仆人告诉我你就是福先生,专门倾听别人的忏悔却守口如瓶。那天下着雨(你还记得吗?),你站在台阶上,紧紧拉着身上的斗篷大衣,我正好开门出来。"先生,冒昧打扰。"我说(这话真是大胆)。你上下打量我,却一言不发。我心想,听别人忏悔算是哪一门艺术?蜘蛛织着网,在一旁守候着,也是一门艺术。我问:"不知道能否耽搁你的一点时间,我要找点事做。"你答道:"我们都要找点事做。""但是我还得养活一个人,一个找不到工作的人,他没有舌头。"我说——"不知道你那里有没有可以给我和他的职位。"我的头发被雨淋湿,身上连条披巾也没有。大雨顺着你的帽檐落下来。"我现在在这里工作,可是我可以做更好的工作。"我继续说——"你肯定没听说过我这样的故事。我刚从很远的地方回来。我漂流到一个荒岛上,在那儿我和一个奇男子一起生活。"我笑了,不是因为你,而是因为我将要说的话,"福先生,我是个幸运者。福先生,我就是我们一直期待着的好运气。"

这么说会显得厚颜无耻吗?这么笑很丢脸吗?引起你兴趣的是否正是这无耻呢?

四月二十日

多谢你给了我三个几尼。我替星期五买了一件马车夫常穿的羊毛坎肩,还有一双羊毛袜。如果你有多余的内衣愿意送人,我会很乐意接受。星期五可以毫无怨言地穿上衣服,但他还是不愿意穿鞋子。

你可不可以带我们去你家？你为什么要和我保持距离？你可不可以将我带进你家，让我当你的贴身仆人？让星期五当你的园丁？

我爬上阶梯敲门（这栋房子很高，高而庄严，有很多层阶梯）。你坐在桌前背对着我，膝上摆着一条毯子，脚穿拖鞋，望着远方的原野，思索着，拿着笔敲着下巴，等我将托盘放下并退下。托盘上有杯热水，我挤了些柠檬汁在里面，还有两片奶油吐司。你说这是你的第一顿早餐。

房间里家具很少。事实上，这不是房间而是阁楼，你待在那里是图个安静。桌椅就立在窗户前的一个平台上。从阁楼的门到这一平台间，由木板铺成一条狭窄的走道。否则阁楼地板就是天花板，令人每一步都岌岌可危。头顶上还有屋椽和灰色屋瓦。地上积了一层厚厚的灰尘。屋檐吹进一阵风，灰尘就会被吹得到处都是。角落里传来声响，房间里还有老鼠。下楼之前，你一定要将文件收好免得被老鼠咬破。每天早上你要拿刷子将桌上的老鼠粪便扫除。

窗玻璃上有一圈波纹。动一下你的头，你可以顺着波纹看见外面正在埋头吃草的牛群，远方犁过的田，成行的白杨树，甚至可以仰望天空。

我觉得你就如同一名舵手，夜以继日地驾驶着这栋大房子，观望前方是否有暴风雨袭来。

你的文稿摆在桌旁的箱子里。克鲁索在岛上的故事将由你一页页写出来，和其他的文稿叠在一起：伦敦乞丐的调查、大瘟疫死亡的人数、边界国家的旅行数量、奇怪的幽灵人口报告、羊毛交易记录、迪克雷·克隆克的回忆录和意见

(他是谁?)、到"新世界"的旅游书、被摩尔人囚禁的回忆录、在低地国家打仗的历史、恶名昭著的犯罪者的自白、一群海上遇险者的故事,我猜想其中大部分都有谎言的成分。

我待在岛上的时候,一直渴望到其他地方,我那时用"获救"这个字眼。而现在有种渴望在我内心深处搅动,我从未想过自己会有这种感觉。闭上眼睛,我的灵魂带着我离开,飞过房子和街道,树林和草原,回到我们的老家,克鲁索与我的家。你不会了解这样的向往,尤其在我说那里的日子有多无聊之后。或许,我应该多写一些赤脚在凉爽的沙滩上行走的乐趣,多描写那里各式各样我不知道名称的鸟儿,我将它们统称为麻雀。除了死去的克鲁索,还有谁能告诉你关于他自己的真实故事呢?我本该少谈论他,多谈论我自己。首先是我的女儿是如何失踪的,以及为了找她,我如何来到巴伊亚。这两年来我如何在陌生的环境中生存?我是否像我所说过的,住在只有一个房间的房子里?巴伊亚是否是巴西雨林里的小岛,而我的房间是巴伊亚里的寂寞小岛?那位注定永远漂流在南段海域的被冰封的船长是谁?我从克鲁索小岛既没有带回来一根羽毛,也没有带回来一捧沙子。我只有一双凉鞋。当我回想自己的故事时,我似乎只是一个从那里来的人、一个见证者、一个时刻想要消失的人:一个没有实质存在的人,一个在克鲁索真实身体旁边的幽灵。这是所有说故事者的命运吗?然而,我与克鲁索一样也是血肉之躯。我吃喝,我醒来与睡着,我也有欲望。这个岛属于克鲁索(然而,这又是根据哪项法律?小岛上的法律?有这样的法律吗?),但是我也住在那里,我不是候鸟,也不是塘鹅或信天翁,仅仅绕着这个岛飞翔一番,蜻蜓点水地待一下就飞向了广阔无边的大海。请将我所失去的实体还给我,福先生,这就是我的恳求。虽然我说的故事都是真相,但是却没有传达出真实的实质感(我清楚这一点,我们不必假装它不存在)。如果要讲出完全充满实质感的真实,你需要一个安静的不受任何干扰的环境,一把坐着舒服的椅子,一扇能远眺的窗户;你还需要有本事将看到的田野想象成波浪;在寒冷中感受到热带阳光的温暖,在想象的景象消失之前用笔尖捕捉住。你有所有这一切,而我却没有。

四月二十一日

我在昨天的信中,似乎将写作嘲讽了一番。希望你能原谅我的有失公允。每当我想到你在阁楼里,思考着如何将笔下的小偷、妓女和士兵描写得栩栩如生时,我就感到心痛而只想服侍你。我觉得你像只驮畜(原谅我的比喻),你的大房子就像是马车,你拼命要拉动马车,但是马车里却满载桌椅和衣橱,上面还有一个妻子(我甚至不知道你何时有了老婆!)以及一群不知感激的小孩、懒散的仆人和猫狗,他们正吃着你的食物,烧着你的煤炭,打着哈欠,有说有笑,毫不在乎你的辛苦工作。一大早,我躺在温暖的床上,好像听见你爬上阁楼的脚步声。你坐了下来,深吸了一口气,点亮烛火,闭起眼睛,思索昨晚写到了什么地方。穿过潮湿与寒冷,穿过风雨,越过羊群簇拥的田野,越过森林,越过海洋,挺进法兰德斯,或是其他什么地方。此刻你的船长和他的士兵必须起来为第二天的航行做准备了;而阁楼角落里的老鼠却正盯着你瞧,抖动着胡须。即使是星期日,你也继续工作,这就好像士兵一定要每日起来操练,否则就会停下脚步,陷入无止境的睡眠。寒风中,你也会继续笔耕,你会裹着好几条围巾,擦着鼻涕,咳嗽着,吐着痰。有的时候,你如此疲倦,烛光都在你眼前跳着舞。你会将头靠在手臂上,不一会就睡着了,手中握着的笔滑落,在纸上留下一道黑线。你的嘴张开着,微微地打鼾,身上的味道闻起来就像一个老人(再次原谅我)。福先生,我真希望自己能帮得上忙!我闭上眼睛,专心构筑一幅关于岛的景象,在你面前具体呈现,有鸟儿、跳蚤、各种颜色的鱼类、晒太阳吐着黑色舌头的蜥蜴、覆满藤叶的石头、打在屋顶上犹如鼓声的雨水,以及永不停止的风:这么一来,一切都呈现在你面前,无论何时你需要去参考了,都可以利用。

四月二十五日

你问我为何克鲁索没有从破船上带回任何一把毛瑟枪,为何这个极度害怕食人族的人竟然没有武装自己。

克鲁索从没告诉过我船的残骸在何处,但是我仍深信它依旧静静地躺在小岛北方峭壁下的深海里。船遭遇大风时,克鲁索身旁跟着年轻的星期五,也许还有其他的船员。他们全部坠入海中,但是只有他们两人获救,被海浪卷到岸边。现在我想问的是:在大海中有谁能让火药保持干燥?

更何况一个连命都不能自保的人,那他为何会去抢救一把毛瑟枪?至于说食人族,尽管克鲁索十分害怕食人族,但是我一直不相信海中会有食人族出现。你或许会说就如同鲨鱼只会在深海中出现一样,食人族只会在夜里出没,所以我们没有必要期望看到鲨鱼在海中跳舞,或是食人族在海边跳舞。而我想说的是:我写的都是真正见到的内容。我没看到过食人族,如果他们是在夜里出现,天一亮就消失得无影无踪,那我得说他们没有留下脚印。

昨晚我梦到了克鲁索的死,醒来之后,满脸都是泪水。我伤心地在床上躺了许久。然后,我下楼走到我那位于时钟巷尽头的小庭院。天还没亮,天空却十分清澈。我想,就在这静夜的星空下,漂浮着那座我们住过的小岛。在那座岛上,有一座小木屋,木屋里,那张软草铺就的床兴许还留存着我身体的印记,一天天变浅。风吹着屋顶,梯田里长满野草。一年以后,十年以后,也许所有事物不复存在,除了地上的一圈木桩表明这里曾经有棚屋存在,梯田里剩下的只有断壁残垣。人们见到这些断壁,会说这是食人族的断壁,是食人族城市的残骸,记录着食人族的辉煌年代。又有谁会相信这是出自一个男人和一名奴隶之手?他们期望着有一天,会有漂流者带来一袋玉米给他们播种?

你说,如果克鲁索不仅拿回毛瑟枪、火药和弹药,还有木匠的工具箱,他也许能为自己造一艘船。不是我爱吹毛求疵,岛上的风太过强劲,没有一棵树不是长得弯弯曲曲的。我们也许可以造一艘木筏,由弯曲树干所组成的木筏,但绝不会是一艘船。

你还询问有关克鲁索用猿猴毛皮做成的衣服。唉！这些已经被那些无知的水手从棚屋里拿走丢到海里去了。但是如果你真想知道,我可以将我们在岛上的穿着画个大概。

我将船上穿过的水手衫和裤子给了星期五,他还有无袖短上衣和外套。他的地下室与庭院相连,所以他也会随意到那儿晃晃。但是由于害怕,星期五很少外出。我不知道他如何打发时间,地下室里只有他的吊床、煤炭箱子和一些破损的家具。

然而,时钟巷里住着一个食人族的故事却传开了。昨天我发现三个小男孩在地下室的门口偷窥星期五。我将他们赶走,他们却在巷尾流连,喊着:"食人生番星期五,你今天吃掉你的母亲了吗?"星期五逐渐长大,却只能像只狗一般被囚禁起来。我自己也是如此渐渐老去,跟着一个上年纪的男人一块儿生活,还跟他睡在同一张床上。有时候我真觉得自己是个寡妇,如果克鲁索有个妻子留在巴西,说不定我们现在成了某种意义上的姐妹了。

一星期有两个早上我可以用洗衣槽,让星期五成为我的洗衣工,否则他真的没事做。我叫他穿着水手衫到洗衣槽前,他赤脚踩在冰冷的地板上(他不想穿鞋子)。"看着!星期五!"我说,并开始在衬衣上抹肥皂(我必须向他示范抹肥皂的方法,因为他这辈子没有用过肥皂。在岛上,我都是用灰或沙子。),然后在洗衣板上搓洗。"现在就做,星期五!"我说完后站到一旁。"看"和"做"是我教会星期五的两个主要单词,有了这两个词,很多事情都可以完成。我知道这是可怕的境遇,从原本可以自由活动的岛屿,梯田歉收时也可以猎鸟蛋、捕鱼,到现在这个地步。但是,教会他一些有用的家务事,总比独自成天待在地下室,想着一些我也不知道是什么的东西要好。

克鲁索说他不教星期五单词是因为他认为星期五不需要学。但是克鲁索错了。如果他教会星期五了解他的意思,并表达自己的意见,例如用手势或是小石头排成图案示意,他就能与星期五交谈,星期五也就能有所回应。那么在我出现之前,岛上的生活就不会那么无聊了。我不相信星期五落到克鲁索手里之前,日子也是一样无趣,虽然他那时只是个孩子。我很想听听关于他如何落入奴隶贩子手中以及舌头被割掉的真相。

他开始喜欢燕麦,一天可以吃下十二个苏格兰人食量的燕麦粥。由于吃得太多,加上成天躺在床上,他变得有点迟钝。看着他像鼓一样大的肚子,细细的小腿,以及无精打采的模样,你不会相信他与几个月前那个人是同一个人。那时的他站在石头上,海水溅在他身上,阳光照耀着他的四肢,他举起渔叉,准备朝鱼身上刺下去。

他在工作时,我教他东西的名称。我拿起汤匙说:"汤匙!"并伸手准备他接着,希望有一天,"汤匙"这个词会印在他的脑海中,只要看到汤匙就会想到这个词。

我最害怕的是因为几年没有说话,他已经忘记人们如何说话。但我从他手中接过汤匙(我不知道,那汤匙对于他来说的确是一只汤匙,还是仅仅只是一个东西而已),我怎能确定他不是将我的话当成喜鹊或是猿猴的叫声;听见我发出的声音,感受到我舌头的振动声,就像从前他喜欢吹笛子一样？对付笨小孩的方式就是拧他的手臂，掐他的耳朵，直到他跟着我们重复"汤匙"。但是我要如何教会星期五呢？"汤匙，星期五！"我说。"叉子！刀子！"想到他的舌根闭锁在厚唇里，像只冬天的蟾蜍，我不禁打了个寒战。"扫帚，星期五！"我说，做了一个扫地的动作，然后将扫帚放到他的手里。

我拿了一本书到洗衣槽边。我说道："这是一本书，星期五。这本书里是有名的福先生所写的故事。你不认识那位先生，但是他现在正在写一个关于你的故事，还有你的主人和我的故事。福先生还没有见过你，但是他通过我的言辞描绘了解了你。这就是文字的魅力。以文字为媒介，我向福先生介绍了你和克鲁索的特点，还有我在岛上的日子以及你和克鲁索独自在岛上的时光。这些是我目前能提供的，根据这些内容，福先生来编故事，让我们在英伦岛上名利双收。这样，你就不必再住在地下室里。你会有钱到非洲或巴西，用这些钱买礼物，并且和你的父母团聚，希望他们还记得你。最后，你结婚有了小孩，有了儿子和女儿。我会给你一本我们的书，用皮革包裹起来，让你带在身边。我会一页页教你认自己的名字。如此一来，你的孩子就知道他们的父亲是世界上的知名人物。星期五，难道写作不是一件好事吗？知道自己将永远存在，令你感到高兴吗？"

这样介绍过你之后，我打开你的书，将里面的故事念给星期五听。我说道："这个故事讲的是维尔太太，她是福先生创作出来的一个家喻户晓的人物。唉，我们再也不可能见到维尔太太了，因为她已经过世了，至于她的老朋友巴菲尔德太太,她现在住在坎特伯雷,一个位于我们这个岛屿也就是英国南端的小镇,我不知道我们有没有机会去那里。"

我在那里喋喋不休地说着,星期五站在洗衣槽前干着活。我并不期望他明白我说的内容,并做出什么回应。我只希望,如果我成天在他耳边提这些词,那么在克鲁索的规矩之下消亡了的记忆也许会被重新唤醒,然后他会意识到这种没有声音的生活,就像鲸鱼的生活一般——一个个巨大的躯体,如城堡般,孤单单地浮在水面上;或像蜘蛛一般,独自坐在自己编织的网中央,以为整个世界就是那么大。我提醒自己——星期五也许失去了舌头,但他没有失去耳朵。通过耳朵,也许星期五能明白故事的含义,知道这个世界并不像他在小岛上所了解的那样,它不是一个贫瘠荒凉的地方。(难道您不认为故事这个词的含义就是记忆的储存地吗?)

我看见他在地板和石子路上弯曲着脚趾,知道他渴望脚下踩踏的是柔软的土地。我多么希望能带他到花园去啊!为何他和我不能到你位于斯托科纽因顿的花园?我们会像鬼魂一样安静的。"铲子,星期五!"我轻声说,将铲子递给他后说道,"挖!"——他的主人教过他这个词——"把土倒掉,把杂草堆成一堆烧掉。感受一下铲子。难道这不是一个精良又锐利的工具吗?这可是英制的铲子,是英国的铁匠打造的。"

看着他抓着铲子的手,看着他的眼睛,我寻找他能理解我话中含意的蛛丝马迹。我想要做的不是将花床清理干净(我相信你有自己的园丁),不是为了找事让他做,或是为了健康的原因才将他从阴暗的地下室拉出来,而是希望能帮他建立一座文字的桥梁,等到有一天这座桥梁足够稳固,他能够回到克鲁索发现他之前的时间中,回到他失去舌头之前咿咿呀呀说话的时刻,就像水里畅游的鱼儿一般,不必去思索文字的意义。到时候,他便能够回归到你——福先生、我以及其他人生活的文字的世界里。

我拿出你的大剪刀,向星期五示范使用的方法。我说道:"在英国,人们习惯在自己的房产四周栽上树篱。当然,在非洲丛林根本没有必要这么做。但是我们在这里栽树篱,而且将它们修剪整齐,如此一来我们的花园就会整整齐齐的。"我修剪树篱直到星期五搞清楚我在做什么,不是将树篱剪出一条通道,而是将一边修剪整齐。我说道:"现在,星期五,拿剪刀,剪!"星期五拿起剪刀将树篱剪成一条直线,我知道他明白该怎么做,他的园艺技术可说是无可挑剔。

我告诉自己,我和星期五交谈是为了教育他走出黑暗和静寂。但事实是如此吗?很多时候,如果撇开善意不说,我使用文字是为了找一条捷径,好让他听从我的命令。每当此刻,我才明白为何克鲁索宁愿不要有人扰乱他的安静。也就是说,我了解了一个人为何选择当奴隶的拥有者。这段自白会让你看轻我吗?

四月二十八日

二十五日的信被原封不动地退回来了。我希望这只是投错了。我将原信再寄一次。

五月一日

我到斯托科纽因顿探访,发现警察在你家里。虽然说起来很残酷,但是当时我却几乎笑了出来:原来这才是你沉默的原因,你并没有对我们失去兴趣,故意不理睬我们。但是现在我有疑问了:我该将信寄到哪里?在你隐匿的这段时间,你还会继续写我们的故事吗?你还会接济我们吗?星期五和我是你在替别人写故事时,唯一寄住在你家里的人吗?或者还有更多像我们这样的人被驱逐到伦敦——意大利战后老兵、遭遗弃的情妇、忏悔的强盗、有钱的小偷?你在藏匿期间如何过活?有女人帮你料理三餐和清洗内衣内裤吗?你的邻居是否可靠?记住:警察到处都有眼线。小心出入公共场所。若不胜其扰,就到时钟巷来吧。

五月八日

我必须说,上星期我去了你家两次,希望能听到一些消息。别生气,我没有告诉莎许太太我的身份。我只对她说有很重要的信要给你。我第一次去的时候,莎许太太不相信我的话。最后我的诚心打动了她,她收下我的信,答应将信放在安全的地方,然后再转交给你。我说得没错吧?你收到信了吗?她说她关心你的安危,希望那些警察赶快离开。

警察们在你的书房住下来。其中一个睡沙发,另一个拉起两张扶手椅睡在上面。他们派人到国王酒家去订餐,为了不辱使命,他们准备待上一个月、两个月,甚至一年。他们手上有搜查令。一个月,我想,还可以忍受,但是一年——恐怕在这一年当中会发生其他变数。我第二次去的时候,其中一个叫作威基的家伙帮我开门,他以为我是替你和莎许太太传信的人。我离开之前,他将我挡在走道上,给我讲弗利特监狱①的事,说有很多人被家庭抛弃,待在那里——城市的中心处,无人照顾。如果你被逮捕,送到弗利特河,福先生,有谁会来救你呢?我以为你有妻子,但是莎许太太说你妻子多年前就过世了。

你的书房充满烟味。大橱柜的门也破了,玻璃也没人擦拭。莎许太太说,昨天晚上,威基和他的朋友带了一个女人回来。

我回到时钟巷时,情绪很低落。有时我觉得自己真是精力过人,可以承受你与你的麻烦事,还能应付警察,以及在岛上时与克鲁索、星期五一起的生活。但是有时候,我又觉得疲惫不堪,我想到遥远的城市去展开新生活,我再也不要听见你的或是克鲁索的名字。福先生,你难道不能写得快一点,好让星期五早点回到非洲,而我则可以从这个地方解脱?躲警察的日子真是无趣,而写作是打发时间的最佳方式。我写给你的自传是我坐在床上,将纸张放在膝盖上的板子上写的。我害怕星期五会从地下室逃走,或在散步

---

① 旧时伦敦监狱,因位于弗利特河边而得名。

时迷失在像迷宫一般拥挤的修道院花园里。但是，我还是在三天内完成了自传。我承认在你的笔下，这些描述可能会被改变，因为你不仅要讲述关于我们的真实故事，还要取悦读者。你的故事未完成，我的人生也就被悬挂着，这点你是否能牢记在心？

五月十九日

三天过去了，我没有你的任何消息。一小簇蒲公英——时钟巷里仅有的花朵——在我的窗户下，贴着墙壁往上长。到了中午，房间里很炎热。夏天一到尤其令人难受，但我还是被困在这房间里。就像在岛上的情形一样，我渴望能穿着衬裙自由走动。

你送来的三几尼已经花完了。大部分都用于为星期五添置衣服。这礼拜的房租还没付。一想到要下楼去准备盐水煮豌豆当晚餐，我就感到十分羞愧。

我这到底是在写给谁？我撕碎了那些纸页，将它们扔到窗外。谁愿意看就看去吧。

* * *

位于纽因顿的房子已经人去楼空，莎许太太和仆人们全都离开了。我向邻居打听你的消息，他们都三缄其口。发生了什么事？警察把你抓走了吗？你在监牢里还能继续写作吗？

五月二十九日

我们住进了你的房子,我开始写作。你听到这个消息会惊讶吗?窗户上到处结满了蜘蛛网,我们已经将它们清扫干净。我们不会乱动任何东西,等你回来了,我们会像幽灵一样消失,绝不会有一点怨言。

我现在坐在你的桌子旁,透过你的窗子向外看。我用你的笔在你的纸张上写着,写完一张就放进你的抽屉里。这样一来,虽然你不在这里,但是你的写作生活还会继续进行下去。

我所缺少的就是灯光。房子里没有半根蜡烛。不过这也许是好事,反正我们必须将窗帘全拉下,所以我们已经习惯待在白天处在阴暗中,而晚上则伸手不见五指的房子里。

你的房间和我所想象的有些不同。我原以为你写字用书桌,实际你用的是写字台①。从窗户向外望去,看到的不是森林和草地,而是你的花园。玻璃上也没有水波纹。箱子并不是真正意义上的储物箱,而是一个破木箱。但是无论如何,我想象得够接近了。事物与我们头脑中对事物的想象之间的联系竟是如此这般,这真是很令人惊讶,我想你也会深有同感。

---

① 旧时的写字台带着许多抽屉。

* * *

我和星期五逛了你的花园。花圃里杂草丛生,胡萝卜和豌豆倒是很茂盛。我会让星期五去除草。

我们就像穷亲戚一般,谦卑地在这里住下来。我们收起你上好的亚麻布,用仆人们的餐盘吃饭。你就把我当成你堂兄的外甥女,如今落魄了。对于我,你没有义务一定要照料的。

我祈祷你没有搭船被送往殖民地去。我担心大西洋上的暴风雨会让你的船撞上石头,将你抛弃到贫瘠的荒岛上。

我必须承认,住在时钟巷的某段时间,我曾经对你充满怨恨。我对自己说,他不理会我们了,仿佛我们是他在法兰德斯的两名士兵,他轻而易举地甩开了我们。他忘记了一旦他走开,他的士兵会睡得不省人事,现在星期五和我就是如此,我们继续过活,继续苦恼。我毫无办法,最后也许会到街上抢劫、乞讨或更糟。但是,现在我们待在你的房子里,得以重新恢复平静。尽管上个月我还没有见过这座房子,但是,我却觉得我出生在这座房子里,我不知道为何如此。这座房子里所有的角落、缝隙、花园中任何一个藏身处,对我而言再熟悉不过了,仿佛在往昔的童年岁月里,我曾在这里玩过捉迷藏游戏。

* * *

我这一生有多少时间是在等待!在巴伊亚的时候,我无所事事,除了等待还是等待,虽然有时候我都不知道自己在等什么;在岛上时,我一心等待获救;在这里,我等待你的出现,等待你将书完成。只有那样,我、克鲁索和星期五才能获得自由。

今天早上我坐在你的写字台前(现在已经过了中午,我还是坐在同一张写字台前,我已经坐在这里一整天了),我拿出一张干净的纸,笔蘸到墨水里——我知道这是你的笔墨,但是这支笔不知怎么回事,当我写作的时候竟变成我的,文字似乎很自然地从我的手中流淌出来——开头写上:"女漂流者在荒岛生活了一年的亲身经历。内附多个前所未闻的奇人逸事。"接着,我将这一年的生活当中记忆偶存的奇怪经历记下来:葡萄牙船上的反叛和谋杀事件,克鲁索的城堡,克鲁索如同狮子般的乱发,猿猴皮做的衣服,哑巴仆人星期五,他们开辟却没有任何作物的广阔梯田,可怕的暴风吹走了房子的屋顶,海边有成堆的死鱼。我不禁感到怀疑,这些事件称得上奇人逸事吗?要多久以后我会开始捏造新事件:从克鲁索的船上拿回工具和毛瑟枪,造了一艘船,乘着小艇在海上的冒险经历,漂流到食人族的岛上,发生流血冲突之后有人死亡,最后金发的陌生人带着一袋玉米来到岛上,放到田地里种植?唉!什么时候,我们在写故事的时候不需要借用奇闻逸事呢?

接着便是关于星期五舌头的描述。我在岛上时,从来都不知道星期五是如何没了舌头,如同我不知道猿猴如何穿过海洋跑到岛上来一样。但是,我们在生活当中得到的知识与在历史上得到的不同。说了我的故事之后,如果不交代星期五的舌头是怎么没的,那就仿佛卖了一本内页全是空白的书。然而，唯一能说出这段经历的只有星期五自己的舌头。

今天早上，我画了两幅画。其中一幅是有个人穿着无袖上衣、短裤并戴着一顶圆锥形的帽子，满脸胡子，有猫一般的眼睛。跪在他跟前的是个黑人，身上只穿着一条裤子，手被反绑在后（双手被绑起来，可是看不见）。那个满脸胡子的家伙左手握着一个人的舌头，右手则拿着一把刀。

至于第二幅画，我待会儿就告诉你。

我将画拿到花园去让星期五瞧瞧。我说道："看看这幅画，星期五，然后告诉我真相。"我举起第一幅图画给他看。我指着满脸胡子的人，说，"克鲁索，主人。"我指着跪在地上的人，说，"星期五。"又指着图中的刀子说道，"刀子。克鲁索割掉星期五的舌头。"我伸出自己的舌头，做割掉的手势，"星期五，事情的真相是这样的吗？克鲁索主人割掉了你的舌头吗？"我看着他的眼睛催促他回答。

（我揣想星期五也许不知道"真相"这个词的意思，然而，如果我的画的确激发出一些有关真相的回忆，我能从他的眼神见到一点端倪，我们的眼睛不是被称为心灵之窗吗？）

话虽如此，我自己却开始怀疑。如果星期五的眼睛真的有什么不对劲，或许是因为我急忙从房里走出来，手里拿着画要他看，而这是我从未有过的举动？难道这幅画没令他感到困惑吗（我重看这幅画，立刻感到懊恼，因为画中克鲁索仿佛慈祥的父亲，喂着年幼的星期五吃鱼）？他如何理解我伸出舌头的举动？也许在非洲食人族的传统中，吐舌头和献出嘴唇有同样的意义?当女人伸出她的舌头,而你却没有舌头时,难道不觉得羞愧吗?

我拿出第二幅画。画中依旧有个年轻的星期五,手臂绑在身后,张大嘴巴,但是画中有刀子的人是个奴隶贩子,一个身材魁梧的黑人穿连帽斗篷,刀子是镰刀状。后面是摩尔人,摇晃着非洲棕榈树。"奴隶贩子。"我说,指着画中的男人,"这种人专门抓走小男孩,将他们当奴隶卖掉。星期五,是奴隶贩子割了你的舌头吗?是奴隶贩子,还是克鲁索呢?"

但是星期五的眼神依旧空洞,我开始有些灰心。总之,如果孩子在犹太割礼的年龄就没了舌头,那么这段记忆对于他应该是不存在的吧?听说非洲部落中,男人多半是沉默的,只有女人才会说话?为何不可以这样呢?世上有很多事情,是我们无法理解的——这是我在巴伊亚所学到的一件事。为何这样的部落不该存在、发展、繁盛并自我心满意足呢?

如果真有奴隶贩子,我描绘的手持弯刀的摩尔人奴隶贩子,是否和福与星期五记忆中的摩尔人模样一样?摩尔人是否都十分魁梧,身穿白色连帽斗篷?也许摩尔人下令,命令信得过的奴隶割掉被囚禁奴隶的舌头,他们身材干瘪,腰缠着布条。"这是割掉你舌头的人的样子吗?"——星期五能否理解我的问题?如果他能理解,除了不是,还会有其他的答案吗?如果真是摩尔人割掉了他的舌头,那个摩尔人也许比我高或是矮一英寸,身穿黑色或蓝色衣服而不是白色的,脸上留着没有刮干净的胡子,有把刀子却不是弯月状的,等等。

所以,我站在星期五面前,慢慢地将画撕碎。我们之间一阵沉默。这是我第一次注意到星期五修长的手指,他握着铲子的手柄。我说道:"哦,星期五!海上遇险与贫穷一样,都会让人进入一种平等主义,但是我们俩还不算平起平坐。"虽然听不到如何回应,我仍继续说下去,说出自己积压在心里的话,"星期五,我浪费太多的时间在你身上,浪费在你和你那愚蠢的故事上。我不想伤害你,但我说的都是真的。当我变成了老女人再回头看这段经历,会发现自己浪费了许多宝贵的光阴。我们在这里做什么,你与我,待在这个纽因顿小镇,等待着可能永远不会回来的男人吗?"如果将星期五换成其他人,我也许希望那人能拥我入怀,安慰我,让我不至于觉得如此悲惨。但是,星期五却像雕像一般站得直直的。我相信非洲人和一般人一样也会有同情心。只是星期五跟着克鲁索过了多年的麻木日子,早已变得冷漠,没有好奇心,体内只剩下动物的原始本能了。

六月一日

当你的房子受到警察的监控,不难理解为什么邻居对你的房子总会保持一点距离。但是今天一个自称桑蒙斯的先生来访。为了谨慎起见,我告诉他我是新来的管家,星期五则是园丁。我小心地应对,相信他不会认为我们是吉卜赛人,看见空屋就住了进去。房子打扫得很干净,即便是书房也是一尘不染,恰巧星期五在花园里干活,因此谎言不致被拆穿。

我有时候会想,你也许在伦敦耐心等待我们离开你的房子,如此一来你便可以回到这里。你是否派了任何眼线,偷偷地从窗户往里面窥视着我们是否还待在这里?还是你每天乔装打扮成不同的样子亲自前来察看?你藏匿的地点是否并非如我们猜测在肖迪奇或白教堂①后的巷弄,而是在这个小镇上?桑蒙斯先生是你的同党吗?你是否住在他家的阁楼里,用小望远镜观察我们的一举一动?若果真如此,那么你就会相信我所说的:在这里的日子与在克鲁索小岛上的日子越来越像了。有时候醒来,我甚至会分不清自己究竟身在何方。克鲁索曾说过,"这世界充满了岛屿。"他的话越来越正确了。

我写信,将信封起来,放进木箱里。哪一天我们离开这里,你可以拿出来看。你或许会喃喃自语道:"最好只有克鲁索和星期五,最好不要有女人。"但是哪里能没有女人?克鲁索会自愿来到你这里吗?你能编撰克鲁索、星期五,以及岛上的跳蚤、猿猴和蜥蜴的故事吗?我不这么认为。你有许多才能,但是却没有创造的能力。

* * *

有个陌生女孩一直朝屋内张望。她在对街站了几个小时,一点都不掩饰自己的行径。路人停下脚步和她说话,她都不予理会。我不知道她是警察派来的眼线,还是你派来

---

① 肖迪奇与白教堂皆为伦敦地名。

监视我们的？尽管艳阳高照,她仍穿了一件灰色斗篷,戴着帽子,手里还提着篮子。

在她监视下的第四天,我从房子里向外朝她走去。"这是给你主人的信。"我说,不做任何解释就把信丢进她的篮子里。她惊讶地睁大眼睛。稍后,我发现信被原封不动地塞进门缝。收信人我写的是威基警察,如果那个女孩是警察派来的,她一定会将信件交给他。因此我将所有写给你的信捆好,第二次走了出去。

那时是午后将近傍晚时刻。她穿着斗篷,犹如雕像一般地站在我面前。"见到福先生后,将这些信交给他。"我说着,把信亮了出来。她摇了摇头,"你不会见到福先生吗?"我问,她再次摇摇头,"你是谁？你为何监视福先生的房子?"我追问,心想我该不会又碰到哑巴吧。

她抬起了头,"你不知道我是谁吗?"她的声音低沉,嘴唇颤抖。

"我这辈子从没见过你。"我说。

她满脸通红。"不对。"她小声说,拿掉帽子,放下淡褐色的头发。

"你叫什么名字？也许我会有印象。"我说。

"我叫苏珊·巴顿。"她说。我想我是遇到了疯子。

"苏珊·巴顿,你为何成天盯着我的房子?"我问,尽量克制自己的声音,以免太激动。

"为了和你说话。"她回答。

"我的名字叫什么?"

"你的名字也叫苏珊·巴顿。"

"谁派你来监视我的房子？是福先生吗？福先生希望我们离开？"

"我不认识福先生。我是为了见到你才来的。"她说。

"你来见我的目的是什么？"

"你难道不知道，"她说，声音小得我几乎听不到——"你难道不知道我是谁的孩子吗？"她一声不吭，却低头哭泣，笨拙地站着，双手下垂，篮子放在脚边。

不知道这是谁家走失的孩子，竟然不知道自己是谁，我手搭着她想安慰她。但是我一碰到她，她便立刻蹲下去抱住了我，哭得好像心都碎了。

"你不认识我了！你不认识我了！"她哭着。

"我是不认识你，但是我知道你的名字，你告诉我你叫苏珊·巴顿，和我的名字一样。"

听到这里，她哭得更大声。"你不记得我了！"她啜泣着。

"我不记得你是因为我根本不认识你。但是你还是得站起来，擦干眼泪。"

她让我扶她起来，拿了我的手帕擦干眼泪并且擦了擦鼻子。我心想，真是个讨厌的爱哭鬼。我说道："现在你一定要告诉我，你是怎么知道我的名字的？"（因为我只向桑蒙斯先生介绍过我是新管家，纽因顿没有人知道我的名字。）

"我跟着你到过每个地方。"女孩说。

"每个地方？"我笑着说。

"每个地方。"她说。

"我知道有一个地方你不可能跟着我去。"我说。

"我跟着你到过每个地方。"她说。

"你跟着我横渡大海?"我说。

"我知道那个岛。"她说。

我好像受到当头棒喝。"你对那个岛一无所知。"我反驳。

"我也知道巴伊亚这个地方。我知道你去巴伊亚找我。"

一定有人告诉她这些事情。由于对她和你充满愤恨,我转过身,重重地把门关上。她在外面等了一个小时,直到天黑才离开。

她是谁,你为何要派她到这儿来?她是来传达你还活着的消息吗?她不是我的女儿。难道女人会像蛇一样,下蛋之后就不认自己的孩子?只有男人会这样。如果你要我离开这房子,只要你一道命令,我一定遵从。何必派一个圆脸、圆嘴的小女孩来,穿着老妇人的衣服,谎称来与母亲相认?我看她是你的女儿,不是我的。

* * *

啤酒制造者。她说她的父亲是啤酒制造者。她生于1702年5月,在戴普福德出生。我是她的母亲。我们坐在你的客厅里,我向她解释,我从没住过戴普福德,也从不认识任何啤酒制造者,我是有个女儿,这没错,可是她失踪了,而她不是我失踪的女儿。她甜甜地摇着头,反复地说那个啤酒制造者乔治·里维斯是我丈夫的故事。

"那么你应该姓里维斯,如果那人是你的父亲。"我打岔。

"也许那是法律上的姓氏,但不是我的真名。"她说。

我说道:"如果要说真名,我的姓氏不是巴顿。"

她说:"我不是这个意思。"

"那么你的意思是什么?"我说。

"我说的是我们真真正正的姓名。"她说。

她回到啤酒制造者的故事。他因为沉溺于赌博而散尽家产,连借来的钱都输光了。为了躲债,他逃到了英国的下城加入军队,后来传出他过世的消息。我与仅有的女儿相依为命。我有一个女仆叫爱米或爱美。爱米或爱美曾问我的女儿长大后的志向是什么(这是她最早的记忆)。她天真地回答长大想当女仆。爱米或爱美笑道:"记住我的话,会有一天,我们三个要一块当女仆的。"我说道:"我这辈子从没有用过任何仆人,不管她叫爱米还是爱美,你将我和他人搞混了。"(星期五不是我的仆人,是克鲁索的;况且他现在是自由身。他也称不上是仆人,因为他的日子太散漫了。)

她再次笑着摇摇头。"看看我们母女身上的特征。"她说,靠过身来,把她的手跟我的摆在一起。她说道:"瞧,我们俩的手有多像。一样的手,一样的眼睛。"

我看着并排的双手。我的双手修长而她的短小。她的手指像小孩一样胖胖的。她的眼珠是灰色的,而我的是棕色的。她在想什么? 我们的特征根本不同,难道她看不出来?

我问道:"有人送你到这来吗? 一个中等身高的男子,下巴上还有一个痣?"

"没有。"她说。

我说:"我才不信。我相信一定有人送你到这来,现在我要请你离开。我要求你离开。别再来烦我。"

她摇头,紧抓着椅子的扶手。气氛不再平静。"我不会离开!"她咬紧牙关说。

我说道:"很好,如果你要留下来,那就留下来吧!"我走出去,锁上门,收起钥匙。

我在门厅看见星期五无精打采地站在角落里。(他总是站在角落,从来不站在空旷的地方,他对空间没有安全感。)我告诉他:"没事,星期五。只是有一个可怜的疯女孩要加入我们。福先生房子里的空屋子多的是。我们一个是漂流者,一个是哑巴奴隶,现在又加上一个疯女孩。我们这个兽栏现在只差没有麻风病人、杂耍者、海盗和妓女了。回到床上睡觉,别再烦我。"

我对星期五说话的样子就好像出于寂寞而对猫说话的老女人。到最后,她们被视为巫婆,街上的人会纷纷回避。

稍晚时我回到客厅。女孩还坐在扶手椅上,她将篮子放在脚下,开始织毛线。"灯光这么暗,你这样织毛线很伤眼睛。"我说。她放下了毛线。我继续说:"有一点你还不明白,这世上到处充满了寻找儿子或女儿的母亲,她们的孩子在很久以前就被送给别人。但是没有女儿去寻找母亲这回事,因为这种事根本不会发生。这不是生活的一部分。"

她说:"你错了,你是我的母亲,我找到了你,现在无论如何我都不会离开你。"

"我承认我的确有个失踪的女儿。但不是我把她送走,她是被别人从我身边带走的,你不是她。我不会锁门。等你想清楚了,可以自己离开。"

早上我下楼的时候她还在那里。她瘫在椅子上,盖着斗篷睡觉。我走近一瞧,发现她的一只眼睛半开着,眼珠后翻。我摇醒她。"你该走了。"我说。"不要。"她说。但是后来我在厨房听见门被打开,又被带上的啪嗒声。

"我遗弃你后,谁养育你?"我问。"吉卜赛人!"她回答。"吉卜赛人!"我语带嘲讽——"只有在书上才会出现吉卜赛人偷小孩的情节!你应该编个更好的故事!"

我的麻烦好像还不够多,星期五现在变得死气沉沉。这是克鲁索形容他的词,星期五会没来由地放下手上的工具,跑到岛上隐蔽的角落躲起来,第二天会回来继续将工作做完,好像什么事情都没发生。他常常独自无精打采地站在走道或是门边,想要逃出去,却又害怕外面的世界;或是躺在床上,假装没有听见我叫他。"星期五。"我坐在他的床边叫唤他,无奈地摇着头,和他长篇大论起来,"当我被浪冲到你们的岛上,看见你手里拿着渔叉,太阳在你头上如光环般地闪耀,我怎么知道将来我们会回到英国来,住进一栋幽暗的房子里空等?我选择福先生难道错了吗?他派来的这个精神错乱的小孩是谁?他派她来有什么原因?她代表什么意义?

"哦,星期五,我要如何才能让你理解,我们生活在这世上,无非是希望自己的问题有答案!如同我们的欲望,当我们接吻的时候,总是希望我们吻的唇也能有所回应。否则,为何当我们亲吻冰冷的国王、王后、众神或是女神雕像时,无法感到满足？你认为为何我们不会去亲吻雕像,或是和雕像睡同一张床,男人和女人的雕像同床共枕,女人和男人的雕像同床共枕,这些以欲望的姿势被雕刻成形的雕像？难道你认为这只是因为雕像是冰冷的？与雕像一起睡在床上久了,盖着暖和的被子,雕像也会温热。不,不是因为雕像是冰冷的,而是因为它没有生命,也就是说,它从来没有活过,也不会活过来。

"星期五,我坐在你的床边,与你谈欲望和亲吻,不是要向你献殷勤。这不是猜测弦外之音的游戏,例如当一段文字说'雕像是冰冷的'意味'身体是热的'时,或是当我说'我想要一个答案'时,意味着'我渴望一个拥抱'。我拒绝的时候并非欲迎还拒,至少在英国是基于礼貌才这么做的(我没有将你的国家的风俗考虑在内)。如果我要向某人求爱,我会直接表达。但是现在我并不是在求爱,只是让你有家的感觉。就我所知,你这辈子是不可能说话了,也无法说话,如果成天空谈却得不到答案会如何？我打个比方给你听:想要别人回答的渴望就好像渴望拥抱另一个生命,并被他拥抱。明白我的意思了吗？星期五,你还是处男,可能你连男女之事都不懂。然而,你可以感到在你体内有一种朦胧的力量将你朝你们族里的女人靠拢,而不是猿猴或是鱼类。你想从那个女人那里得到的就是我想得到的,但是如果那个女人不协助你,你会终生困惑;而我的吻没有任何回应,也是同样一种情形。

"一生中如果没有被吻过,该有多么凄凉!但是星期五,如果你一直待在英国(难道这不会成为你的宿命?),你上哪儿能遇到与你同种族的女人?我们这个国家奴隶人数不算多。我想看门狗受到很好的照顾,却打出生起就被关了起来。最后这只狗逃跑了,或者哪一天门没上锁,外面的世界对它来说既广阔又陌生,充满了奇异的景象和味道,它朝着迎面而来的第一个人类狂吠,朝他的喉咙扑过去,后来被拴上邪恶的枷锁,终身遭铁链的禁锢。星期五,我不是说你邪恶,也不是说你会被锁链拴住,这不是我故事的宗旨。我要说的是,无论是狗还是人类,与自己的同类隔绝,是多不人道的事。对爱的冲动,驱使我们去找寻同族类的人,在监禁中死去,或失去方向。唉!我的故事总是比我自己原先想的要深远,所以我必须回到故事的原点,将重点浓缩成我真正要表达的,旁枝末节必须删掉。有些人生来就会说故事,但我似乎没有这种天赋。

"我如何确定,现在我们住在他家里的福先生,这位你尚未会晤的福先生,我将岛上的故事对他说的福先生,是不是几星期前就死在他的藏匿处了?如果真是这样,我们的身份就会永远模糊不清,为了还债而不停地卖掉他的房子,花园不复存在,你再也回不到非洲去。寒冬将再度来临,你必须得穿上鞋子。在英国,上哪里去找你那么大的鞋呢?

"或者,我应该自己来完成这个故事。但是我该写些什么?你知道,我们的生活实际上乏味至极。没有遭遇危险,没有贪婪的野兽,甚至连条蛇也没有。食物不匮乏,阳光和煦。没有海盗靠近岸边,没有抢劫者,除了你之外没有其他食人族(如果你也算是食人族的话)。我怀疑克鲁索当真认为你是食人族的孩子。他是否会害怕哪天你想吃人肉的野性出现,会在夜里撕开他的喉咙,将他的肝脏烤了吃?他谈论食人族在小岛之间搜寻肉类的踪影,是不是为了想要看看你是否会被肉所吸引,以此作为警告?你展现雪白的牙齿时,克鲁索是否会胆战心惊?真希望你能告诉我!

"然而,这一切的一切,我想答案是否定的。克鲁索也许与我想法一致,也许和你想的也一样,觉得岛上的生活无聊透顶,所以才编出有食人族出没的故事,好让自己随时保持警惕。岛上真正的危险,也是克鲁索从未说过的,是长时间的睡眠。我们不经意就会延长睡眠的时间,白天我们通常睡到很晚,沉沉地睡着,真是饿死了。(虽然我指的是克鲁索与我自己,但是长时间处在睡眠的状态,在非洲人看来不也是一种灾难吗?)你的主人所做的第一件家具,也是唯一的一件家具就是一张床,这难道不具有重大意义吗?如果他也做了一张桌子和板凳,日子会有多么不同,甚至他也可以用巧手制作墨水和写字板,然后坐下来,将他放逐的日子一天天记下来,撰写成可信的札记。如此一来,我们就能将它带回英国,卖给出版商,不必和福先生纠缠不清!

"唉,星期五,凭我们现在和以前的遭遇,我们是赚不了钱的。想想我们能提供的故事:你和你的主人在田地里干活,我则站在悬崖上眺望是否有船只经过。谁会想要看荒岛上的两个人过着无趣的日子,成天在挖石头?至于我对获救的渴望,读者读多了就如同糖吃多了一样会厌烦的。

因此我们不难理解为何福先生一听到食人族就立刻竖起耳朵，以及为何他希望有毛瑟枪和木匠的工具箱。不用说，他会将克鲁索描写得较年轻，对于我的遭遇也会描述得更凄惨。

"天色将要暗了。在天黑之前，我们还有很多事要做。在英国，我们是不是唯一没有灯或是蜡烛的人？我们这种生存现状很是与众不同。星期五，我得告诉你，真正的英国人可不是这样生活的。他们不会早中晚三餐都吃胡萝卜，也不会像鼹鼠一样躲在黑暗中过活，更不会等太阳一下山就上床睡觉。要是我们有了钱，我就可以让你见识见识英伦岛上的生活与我们过去在海中岩石小岛上的生活有多大的不同。明天，星期五，明天，我一定要开始写作了，我们不能等着警察将我们赶走，那时，我们连胡萝卜都没得吃，也没有床可以睡了。

"不管我前面说了些什么，荒岛上的故事绝不会是只有等待的无聊故事。故事中还有很多的谜，不是吗？

"首先是关于梯田的事。你和你的主人究竟搬了多少石头？一万块？十万块？在这样一个没有种子的岛上，你们如果给石头就地浇水，等石头发芽，难道不是同样有意义吗？如果你的主人真的想当殖民者，并留下一块殖民地，（我当时怎么敢这么说呢？）将种子种在可以长出作物的地方不是更好吗？我越逛到梯田的远处，越发觉得他根本就不打算在田地里种任何东西。与其说这是一块田，不如说这是一块墓地：就像埃及国王在荒漠竖立的金字塔，为了建造金字塔，许多奴隶因此而丧命。星期五，你难道不曾意识到其中的相似,还是埃及王子的故事没有传到非洲?

"接下来,(让我仍来说谜团)你到底是如何失去舌头的?你的主人说是奴隶贩子割的,但是我从未听说过这种事,巴西的奴隶没有一个是哑巴。是不是你的主人割掉了你的舌头,然后怪罪到奴隶贩子身上?果真如此,那么这真是惨无人道的罪孽,好比某人没有理由杀人,只为不让被杀的人将自己的身份泄露出去而杀人。你的主人如何办到这一点?没有奴隶自愿牺牲自己的身体。克鲁索是否将你的手脚绑起来,在你的牙齿间塞进一根木头,然后砍掉你的舌头?整个过程是否如此?刀子是克鲁索从船的残骸中取回的唯一的工具。但是他上哪儿去找绳子将你捆绑起来?他是否趁你熟睡时做这件事?在你还昏昏沉沉时,拳头伸进你的嘴里并割掉了你的舌头?或是他偷偷在你的食物里浇入岛上浆果的果汁,让你昏迷不醒。克鲁索是在你毫无知觉的情况下割掉你的舌头吗?他是如何止血的?你怎么没有被自己的血噎住?

"除非你的舌头不是被割掉的,而不过是像外科手术那样被割了一刀,只会流一点血,却让人无法说话。或者说只是舌头肌腱被割断而非舌头本身。这是我的猜想,因我并没有看到你的嘴巴。你的主人要我看的时候我拒绝了。要我对身体伤残的人这么做只会引起我的反感。你是否想过为何会这样?因为那会让我们想起我们宁可遗忘的东西:只要一剑下去,或是一刀下去,健全与美好怎么会那么容易地被永远摧毁了?也许吧。而对于你的伤残,我的反感更深。我无法不去想到那柔软的舌头,柔软、湿润的舌头再没有生命,一旦越过牙齿的障碍,在刀子砍下去前,舌头有多么无助。在这种情况下,舌头仿佛是心,不是吗?只是刀子刺进舌头并不会置人于死地。在此意义上来说,我们可以说舌头属于嬉戏的境界,而心则属于真诚的境界。

"然而,不是内心而是嬉戏的器官将我们从野兽的层次提升上来:我们用手指触碰古钢琴或是笛子,我们用舌头说笑、撒谎和诱惑。如果没有了这些嬉戏的器官,野兽除了睡觉还能做什么?

"你的归顺是个谜。为何与克鲁索一起生活这么多年,你愿意听从他的控制,而你其实可以轻易地杀了他,将他弄瞎,让他反过来变成你的奴隶?身为奴隶的日子是否有某种东西侵蚀了你的心,让奴隶甘愿一辈子当别人的奴隶,就像学校老师甘愿一辈子与墨水为伍?

"还有,恕我直言,反正和你说话就像是在和一堵墙说话,我为什么不能直截了当呢?我想问的是,为什么你对我毫无欲望?你和你的主人对我都毫无欲望?我是漂流到你们岛上的一个女人,身材高挑,有着一头黑发和深色眼睛,而几个小时之前,迷恋她的那位船长还在她的身边。你压抑在心中的欲望一定被燃着了。但是当我在沐浴时,为什么从没有瞥见你躲在石头后面窥探?难道身材高大的女人从水中起身会让你感到不开心吗?难道她们像是被放逐到异地的皇后回来收复曾经被男人掠夺去的小岛吗?也许我有失公允,也许这单纯是克鲁索个人的问题,因为你本身就是被掠夺的,你这辈子从不知道去掠夺他人。是不是你和克鲁索都在以各自的方式深信着我是来统治你们的,这也是你对我戒备恐惧的原因吗？

"我之所以要问这些，是因为任何读者读这部小说都会想问这些问题。我被冲到岸边时，我从没想过自己会成为一名海上遇险者的妻子。但是读者肯定会有疑问，为何在那么多夜晚，我和你的主人共处在棚屋里，却没有做任何男女之事。答案也许是我们的小岛并非欲望的花园，我们也不会像人类的始祖那样全身赤裸，如同动物般地交合。要说一座花园，我相信你的主人会希望那是一座辛勤耕作的花园，但是因为他的劳作没有目标，只能像蚂蚁搬米粒一般，无所事事地来回搬石头，为的只是让自己忙个不停。

"最后还有一个谜：当你坐在木头上向海边划去，将花瓣撒向大海的时候，你想干什么？我要告诉你我的想法：你将花瓣撒在你停泊的地方，是为了纪念在那里发生海难的家人，也许是父亲，也许是兄弟姐妹，也许是全家人，也许是你的一个亲密朋友。我曾很想将星期五的悲哀告诉福先生，但是我没有。福先生会从这里发展出一个完整的故事，而从冷漠的克鲁索那里却没任何故事可以挖掘。

"我得走了，星期五。你以为搬石头是最粗重的工作，但是当你看我坐在福先生的写字台前，用鹅毛笔在桌子上做记号时，你可以将每个记号看作石头，将纸张看作小岛，想象自己将小岛上的石头全部搬走，等工作完成，工头要是不满意（克鲁索有对你的工作满意过吗？），我还得重新回去搬石头（用我的比喻来说，即是画去那些记号），根据另一种计划放置，我要日复一日地重复这个动作；这都是因为福先生跑出去躲债了。有时候我觉得自己才是奴隶。如果你了解我的意思,毫无疑问,你一定会笑的。"

* * *

几天过去了,一切还是老样子。没有你的任何消息,镇上的人也不再留意我们,仿佛我们是鬼魂一般。我曾到达斯顿市场去,卖了一条桌巾和一盒汤匙,以购买必需品。此外,我们靠你园子里的作物过活。

那女孩又继续站在门口,但我试着不理睬她。

写作进展很慢。交代了反叛和葡萄牙船长的死因,写过了我遭遇克鲁索,了解了他的生活方式,此外还有什么需要补充的?克鲁索和星期五没有任何欲望:他们不想逃离这里,不想展开新的生活。没有欲望,如何来杜撰故事?除了堆砌梯田,岛上的日子颇为闲散。我问自己,从前的历史学家在描述漂流者时,是如何写的——他们是否曾在绝望之际编撰了一些内容?

然而,我依旧坚持不懈。一个画家在画一幅单调无趣的景象时——比如说,画中的两个人正在田地里掘土——他可以利用手边的工具,替主题增加一些趣味。他可以让其中一人的肤色散发出金色光芒,让另一个人的肤色显得像煤炭一样黑,创造出光明与黑暗的对比。通过艺术的呈现方式,他可以画出谁是主人、谁是仆人。为了让画面更生动,他还可以自由地在画上加点内容,比如原本画中的天空是空的,他在上面再加上海鸥在头顶盘旋,其中一只海鸥张嘴做鸣叫状,在远处峭壁一角则有一群猿猴出现。

我们发现,为了使画面更丰富,画家会在画作上斟酌添加一些特别的东西,让整幅画面更加完满。说故事的人则相反(请原谅我,如果你本人在我面前,我是不会在这里就说故事这件事向你说教的!),他必须推测哪些事件写在一起,能让主题具有整体性,梳理隐藏在其中的意义,并且将这些事件像编发辫一般地编起来。

梳理和编撰是一项技巧,是可以依靠学习得到的。但是决定哪些事件其中有含义(好比哪个蚌壳里有珍珠),就要依靠预知的能力了。对于后者,作家本身能做的并不多:他必须依靠某种启发。在岛上生活期间,我要是知道有一天我会成为作家,黑暗中和他一起躺在床上的时候,我一定会这么问他:"克鲁索,回想一下,难道没有一个时刻,突然间你明白了我们在这里生活的目的?当你到山上散步或是爬上峭壁寻找鸟蛋的时候,难道不会被这个岛所展现的生命力所震撼,仿佛来自远古时代的巨兽已经睡了几个世纪,对于背上攀爬的昆虫浑然不知?将眼光放远来看,克鲁索,我们是否都是昆虫?我们又比蚂蚁大多少?"在"霍巴特"船上,在他躺在那里临终之际,我会对他说:"克鲁索,你要抛下我们,到我们无法跟随你去的地方。你就要离开了,最后还有话要说吗?你有事情要忏悔吗?"

*　　　*　　　*

时值秋天,女孩和我穿过森林。我们搭乘马车先到埃平,现在正朝柴斯汉特方向走,脚下积着厚厚的树叶,有金色、棕色和红色的叶子,我不确定我们有没有偏离小径。

女孩跟在我后面。"你要带我上哪里?"这个问题她问了几百遍。

"我要带你去见你的亲生母亲。"我回答她。

她说道:"我知道谁是我的亲生母亲,你就是我的亲生母亲。"

我答道:"等你见了她就知道谁是你的亲生母亲了。走快点,天黑之前我们要赶回去。"她跟在我身后,快步走着。

我们向森林深处进发。距离民宅还有数英里的地方时,我说:"我们休息一会儿吧!"于是我们在一棵大树下坐下来,肩并肩靠着。她从篮子里拿出面包、乳酪和一瓶水。我们吃了起来。

我们继续艰难前行。难道我们迷路了?她仍旧跟在我后面。她抱怨说:"我们天黑前不可能赶回去了。"

"你一定要相信我。"我说。

在森林深处,我停下脚步。"我们再休息一下。"我说,我将她身上的斗篷拿下来铺在叶子上,然后我们坐下来,"过来。"我说,手臂搭在她的身上,这是我第二次允许她与我有身体接触,她的身体在微微颤抖着,"闭上你的眼睛。"我说。四周一片寂静,连衣服的摩擦声都听得见,她的灰色眼眸与我的黑色眼眸交会。她的头靠在我的肩上。我们坐着,树叶纷飞,她与我,两个真实存在的人。

我说道:"我带你到这里来是要告诉你亲生父母的事。我不知道是谁告诉你的,你的父亲是来自戴普福德的啤酒制造者,后来到了下城,这个故事是错误的。你的父亲名叫丹尼尔·福。就是他派你去看纽因顿的房子。是他告诉你我是你的母亲,我敢保证是他编出酿酒父亲的背景故事。他掌控法兰德斯的所有军团。"

她本想说话,但是我制止了她。

我继续说道:"我知道你要说事情不是这样的。我知道你要说你从没有见过丹尼尔·福。但是你扪心自问,你如何得知你的母亲叫苏珊·巴顿,她住在斯托科纽因顿那样的房子里?"

"因为我叫苏珊·巴顿。"她说。

"证据还不够。这个国家很多人都叫苏珊·巴顿,如果你愿意,你可以找出一大堆。我再说一遍:你对于你的父母的了解来自于故事的形式,而这个故事只有一个来源。"

"到底谁才是我的亲生母亲?"她问。

"你是父亲所生,你没有母亲。你所感受到的痛苦是缺乏母爱的痛苦,不是失去母爱的痛苦。你想要我来代替你缺乏的母爱。"

她说道:"父亲所生,这话我从没听说过。"她摇了摇头。

我说的父亲所生到底是什么意思?伦敦的黎明,灰沉沉的,我醒来,耳旁还在萦绕着"父亲所生"这个词。我从窗户向外望去,街上空荡荡的。那女孩永远消失了吗?我最终将她赶走、放逐、遗失在森林里了吗?她会坐在橡树旁,直到落叶覆盖她和她的篮子,最后剩下的只有满地的棕色和金色,触目所及别无他物了吗?

　　　　＊　　　　＊　　　　＊

亲爱的福先生：

　　几天前,星期五发现了你的长袍(在衣柜里的那件)和假发。那是协会的袍子吗?我不知道作家居然也有协会。

　　穿上袍子,他竟然开始手舞足蹈,我从没见过他这副样子。厨房的窗户是朝向东边的,早上他就在厨房里跳舞。如果有光线,他就在光线下起舞,高举着手臂,闭着眼睛转圈圈。他就这么一个小时又一个小时地转啊转,既不觉得累也不觉得晕。到了下午太阳西斜时,他又将阵地转移到客厅,因为客厅的窗户面向西边,他就在那里跳舞。

　　他跳舞的时候仿佛变了一个人。他好像不是凡人了。他听不见我叫他的名字,我伸出手拽他会被他推到一边。他跳舞的时候,喉咙里传来一种低沉的声音,比起他平常的声音更低沉,有时候听起来像在唱歌。

　　本来,只要他将该做的事情做了,我才不在乎他要怎么唱歌和跳舞呢。但是昨天晚上,我发现他转圈圈的时候,我不能静下心来写作,于是我决定将袍子从他身边拿走,让他恢复正常。但是当我蹑手蹑脚进入他的房间时,我发现他早就清醒了,他的手紧抓着铺在床上的袍子,好像已经看穿我的心思。所以我只好走开了。

　　我可能抱怨住在你房子里的日子很无聊,但是我却不会觉得没有东西可写,比如可以写星期五和他的舞蹈。文字就像溶解在墨水里的分子,等待着从蘸上墨水的笔尖中流淌出来,到纸上成形。从楼下到楼上,从房子到小岛,从女孩到星期五:似乎只要立好杆子,确立好这里和那里,以及现在和过去,文字自己就会进行一场旅行。我从没想到当作家如此轻而易举。

你回来之时将会发现房子里没什么东西了。这房子先是被警察掠夺一番(我无法使用更温和的字眼),现在我又从里面拿走了零星物品(我写了一张清单,你只要开口,我就将清单发给你)。我只能不开心地到窃贼卖东西的地方去变卖这些东西,不得不接受他们给窃贼的那种价格。我穿着黑色衣服和帽子外出活动,这些衣服是我从楼上的皮箱里找到的,皮箱盖子上印有M.J.的缩写。(谁是M.J.?)穿上这些衣服使我比实际年龄苍老许多:我觉得自己像一个经济拮据、四十岁的寡妇。尽管我行事小心翼翼,但还是夜不能眠,想象着自己被贪婪的店家抓着送到警察局,然后我只好用你的烛台作为贿赂,换取自由。

上星期我卖掉了一面镜子,这面镜子没有在警察抄家时被拿走,是你衣柜里镶着金边的小镜子。我是否敢坦承我很高兴镜子不在了?我真是已经老了!在巴伊亚,面容枯槁的葡萄牙妇女都不相信我有一个成年的女儿。然而,与克鲁索生活的日子让我起了皱纹,住在福先生房子里的日子则更加深了岁月在我脸上刻画的线条。你的房子是沉睡者的房子?就如同那个洞穴——人闭上眼睛睡在里面的时候是一个朝代,醒来时发现已经换了一个朝代,自己都已经长出长长的白胡子了?巴西对我来说犹如亚瑟王时代那样久远。我的女儿是否可能在那里一天天离我更遥远,如同我也离她更远?巴西的时间与我们这里的节奏一致吗?

我老了,我的女儿是不是永远年轻?在一个两分钱邮寄一封信的时代,我为什么要和一个来自于最黑暗蛮荒之处的男人同住在一个屋檐下?真是有好多问题!

*　　*　　*

亲爱的福先生:

我现在逐渐明白为何你希望克鲁索拥有毛瑟枪并遭到食人族的攻击。我原以为这表示你完全不重视真相。我忘记了你是一位作家,你知道食人族的聚餐会有很多可写的,而一个女人在风中瑟瑟发抖却没什么可写的。最重要的正是文字以及字数的多寡,是不是?

星期五穿着袍子,戴着假发,坐在桌前吃豌豆布丁。我不禁想道:他是否真的吃过人肉?说真的,食人族的确骇人,但是最骇人的莫过于食人族的孩子,他们闭起眼睛享用邻居的肉。一想到这,我就发抖。吃人肉好比坠入某种罪恶,一旦尝过一次发现很可口,下一次就会更愿意吃了。所以,我一看到星期五在厨房跳舞:袍子上下翻动,假发飞舞,他的眼睛闭着,思绪跑到了遥远的地方,好像根本不是我们曾经居住的小岛,我就禁不住地颤抖。我想你也知道让他陶醉在其中的绝不是在岛上挖掘或是搬运的乐趣,而是之前他在野蛮人之中过着野蛮生活的时候。是不是早晚会有一个时刻,那个被克鲁索重新塑造的星期五会蜕变,那个具有食人族野性的原始的星期五又会回来?难道一直以来,是我误解了克鲁索:是为了惩罚星期五,他才割掉他的舌头?那他应该拔掉星期五的牙齿才对!

* * *

几天前,我在抽屉里翻找着要拿去市场变卖的东西,结果我找到一个装满笛子的盒子。你以前一定吹过笛子:或许你在吹着低音的大笛子时,你的儿子和女儿在吹小笛子。(你的儿子和女儿发生了什么事?难道他们不能想什么法子让你免于法律制裁吗?)我拿出高音的小笛子,放在星期五可能会发现的地方。第二天早上,我听见他在玩弄笛子。很快,他就能吹出六个音了,而我怎么听都会想起我们的那个小岛和克鲁索第一次生病的情形。而他整个上午就是吹着同样的调子,一遍又一遍。我想去告诉他不要再吹的时候,看见他闭着眼睛,嘴上吹着笛子,身子在缓缓地转圈。他没有注意到我的出现,或许也没听到我对他说的话。他像个野蛮部落的人,掌握了某样奇怪的乐器——即使没有舌头也能够吹出调子——就算永远只能吹奏一个调子,他也会很高兴!这是缺乏好奇心的表现,但绝不是懒散的表现。我好像离题了。

当我擦拭低音笛子的时候,我随意吹了几个音符。我立刻想到,如果有什么语言能与星期五沟通,那非音乐莫属了。于是我关上门,依照我看到人们吹笛子的方式,开始练习吹法与指法,直到我能吹奏出类似星期五的调子,然后我又练了其他一两个调子,听起来似乎更有旋律了。我没有点蜡烛,一直在黑暗中吹奏着;星期五在楼下醒着,躺在黑暗中,倾听我的笛子发出的深沉音乐。这是他从前未曾听过的音乐。

今天早上,当星期五在跳舞、吹奏笛子时,我也准备就绪:我坐在楼上的床铺上,双腿盘起,演奏着星期五的曲调,先是跟他齐奏,后来是等他停止的时候我再加进去,最后我一直不间断地跟着他演奏,直到头晕手痛。虽然我们似乎吹奏相同的曲调,吹出的音却总是不够和谐,所以听起来并不十分悦耳。不过我们使用的乐器不就是为了一起演奏的吗?否则为什么它们要被放置在同一个盒子里呢?

星期五那里不发出任何声响了,我下楼走到厨房。我笑着说:"星期五,我们俩都成了音乐家。"我拿起笛子,吹起他的曲调,直到我自己感到十分心满意足。我心想,实际上,我并没有与星期五交谈,但是这样不也很好吗?对话本身不就像音乐一样,一个人先演奏一段,然后另一人再接着演奏?我们交谈时所重复的句子是否比我们演奏的曲调来得重要?我又自问:音乐与对话是否都如同爱情一样?谁敢说恋人之间的交流是有实质内涵的(我指的是示爱而非说话本身)?然而恋人之间确实在流淌着一种东西,让他们在身体分开时能够精神振作,暂时忘记自己的寂寞。只要我与星期五之间有音乐,那么他和我都不需要语言。如果在小岛上有音乐,如果星期五和我在夜晚一起吹奏音乐,也许——谁能说得准?——克鲁索也许会变得温和许多,然后也会拿起笛子学着吹奏。如果他的手指还不算太僵硬,也许我们三个人就可以一起演奏。(福先生,或许你又可以从中得出一个结论说,我们需要的不是一箱工具,而是一盒笛子。)

在你的厨房里,在那个时刻,我对发生在我身上的一切感到轻松自在了。

但是,我们不能靠着重复地说——"早安,先生。""早安。"——这样的字眼来告诉我们自己说我们是在交流,也不能靠着重复的一个动作,就说那是在示爱。音乐也是一样的道理:我们不可能通过永远演奏同样的曲调来感到满足。至少受过文明洗礼的人不会这么容易满足。我无法克制自己不在曲调上做些变化,首先将一个音变成两个半音,然后将两个音完全改掉,变成新的音符。我认为这样的改变令人耳目一新,相信星期五也会如法炮制。但是星期五仍旧坚持他的老曲调,所以当我们两人的曲调一同演奏时,就形成极不悦耳的对位旋律,发出极不和谐的刺耳声。我怀疑星期五是否真的在听我吹奏的曲调。我停止演奏,他的眼睛并没有睁开。(当他在吹奏笛子或转圈圈时,总是闭着眼睛。)我突然吹起笛子,他的眼皮还是动也不动。至此我才明白,我站在那儿吹奏星期五舞蹈的曲子,以为他是与我一起演奏,但事实上他对于我的演奏却无动于衷。我气呼呼地走向前,抓住他,迫使他停止那该死的旋转。我的碰触对于他而言似乎就像苍蝇在飞。我的结论是,他陷入一种着迷的狂喜状态,他的灵魂此刻贴近的是非洲而不是纽因顿。我的眼眶不觉湿润起来,觉得有些羞愧。我自认为能够通过音乐与星期五进行某种交流,其实不过是瞎扯罢了。我痛苦地意识到,他并不是因为迟钝才将自己封闭起来,而是拒绝与我有任何交流。看着他转着圈子舞着,我真想打他,扯掉他的假发和袍子,并大声地告诉他,这世界上可不是只有他一个人。

我自问,如果我要是去打星期五,他会乖乖地挨打吗?我从没看过克鲁索打他。是不是割掉他的舌头已经教会他永远服从了?至少割掉舌头让他表面上是服从的,犹如一匹阉过的马失去了种马的意气风发。

*　　*　　*

亲爱的福先生:

我写了一张契据让星期五获得了自由,并签上克鲁索的名字。我将契据缝在小袋子上,用绳索绑住,套在星期五的脖子上。

如果我不让星期五获得自由,那又有谁会让他自由呢?没有人要当阴魂的奴隶吧!如果说克鲁索有遗孀,那就是我;如果他有两个遗孀,我肯定是第一个。我过着的日子不就是克鲁索的遗孀的日子吗?我被冲到克鲁索的小岛,后面的事便接踵而来。我是那个被冲到岸边的女人。

这是我在路上所写的。我正在去布里斯托的路上。艳阳高照。我走在前面,星期五背着背包跟在后面,背包里装着食物和房子里的几样东西,他从不让假发离开他的视线。他身上穿的是袍子而非大衣。

我们肯定会引来好奇的眼光,一个穿马裤打赤脚的女人和她的黑人奴隶(我那双用猿猴皮做成的凉鞋早就解体了)。路过的人停下来询问我们,我就说我要到斯洛去找我的哥哥,我的脚夫和我遇上了强盗,他们抢走了我们的马、衣服和值钱的东西。这个故事引来怀疑的目光。为什么会这样呢?难道路上不再有盗匪出现?难道我在巴伊亚的时候,所有的盗匪都被吊死了吗?我像是个不太可能拥有马匹和值钱东西的人吗?还是我的语气太高兴了,根本不像一个几个小时前刚被洗劫一空的人?

* * *

在伊灵,我们经过一个鞋匠处。我从袋子里拿出一册小牛皮精致包装的布道书,想拿它来换一双新鞋。鞋匠指着扉页上你的名字,我说道:"那是斯托科纽因顿的福先生,他最近去世了。"他问道:"你没有其他的书吗?"我拿了一本珀切斯的《朝圣之旅》第一册给他,他便给了我一双新鞋,鞋子非常牢固而且合脚。你一定认为这交易划不来,但是有时候总有比书更重要的东西。"这黑人是谁?"他问道。"他是已经获得自由的奴隶,我要带他到布里斯托寻找回家的路。""到布里斯托的路远着呢!"鞋匠说,"他会说英文吗?""他听得懂,但不会说。"我回答。到布里斯托还有一百多英里,还会遇到多少询问者?还会遇到多少问题?看来无法言语也是一个好处!

福先生,对你来说,到布里斯托这趟旅程或许让你想到丰盛的餐点以及路旁的小旅店,以及一路上遇到的各式各样的人。但是你要知道,一个女人单独旅行必须像野兔一样机灵,随时要竖起耳朵,留意猎犬的一举一动。如果遇上拦路强盗,星期五能保护我吗?他从没有保护过克鲁索。说真的,他的教养里连举起手自我防卫都不会,他怎么会觉得我遭遇危险和他有任何关系呢?他不明白我要带他走向自由。他不明白自由是什么。自由是一个词,比词还不如:

只是一个声音,只是我说话的一个声音。他的主人已经死了,现在他有一个女主人——这是他唯一所知道的。如果自己从未想过要找个主人,为何他得保护他的女主人?他怎能猜测到我们这一趟旅程,要是没有我,他就会迷失?我告诉他:"布里斯托是一个大港。布里斯托是我们搭船从小岛来到这里的停泊处。布里斯托是你看见大烟囱冒烟的港口,令你叹为观止的地方。从布里斯托,船只可以航行到世界各个角落,可以到美洲,还有非洲,那儿曾经是你的故乡。在布里斯托,我们可以找一艘船,带你回到你出生的地方,或是带你到巴西过着自由的生活。"

* * *

昨天发生了一个悲剧。我们在温莎路上被两个喝醉了的士兵拦下来,他们企图对我不轨。我挣脱他们,往田里逃,星期五跟在我后面。我们死命地奔跑,生怕被他们开枪击毙。现在我将头发盘起来藏在帽子下面,并且总是穿着外套,希望被当成男人。

午后开始下雨。我们在树下躲雨。大雨倾盆,看来短时间内不会停止,我们浑身湿漉漉地继续赶路,一直走到一间酒馆。我不安地推开门,领着星期五进去,在一个不起眼的角落找了张桌子坐下。

我不知道那里的人以前有没有见过黑人或是穿着马裤的女人,或者淋成落汤鸡的两个人。我们一进酒馆,所有的人都安静了下来,我们静静地穿过屋子,我似乎能听见屋外大雨倾盆的声音。我心想,进这里来真是个错误——还不如找个干草堆躲雨,无论是否饥肠辘辘。既然来了,我只好板着脸拉了一张椅子让星期五坐下。从湿透了的袍子里,我闻到一股味道,与他被带上船时的味道相同:恐惧的味道。

酒馆老板亲自走到我们桌前,我很有礼貌地点了两杯啤酒,还点了面包和乳酪。他不作声,一直盯着星期五瞧,然后看着我。我说道:"这是我的仆人,他和你我一样干净。""无论干净或肮脏,在这里都要穿鞋。"他说。我满脸通红。"如果你肯招待我们,我就让我的仆人注意着装。"我说。"我们这儿是干净的地方,不招待流浪汉或是吉卜赛人。"酒馆老板说,转过身去。我们起身要往门口走去,一个混蛋伸长了腿,把星期五绊倒,并引来一阵讪笑。

我们在树林里一直等到天黑,然后爬进谷仓。我的衣服已经全部湿透,浑身颤抖不已。黑暗中,我摸索到一处马槽,里面都是干净的稻草。我脱掉身上的衣服,像鼹鼠一样钻进稻草堆里,但还是无法暖和身体。我爬出稻草堆,披上湿衣服,无助地站在黑暗中,牙齿不停地打战。不见星期五的人影,甚至听不到他的呼吸声。对一个生长在热带森林的人来说,他应该比我更无法适应这种湿冷的天气,但是这一路上,他赤脚走在寒冬的地面上,毫无怨言。我小声地叫着"星期五",但是没有听到任何回应。

处在绝望中且不知所措,我伸长手臂,头朝后仰,跳起星期五的舞蹈。这是甩干衣服的方式:我利用舞动的微风来吹干衣服。这也是保持温暖的方式,否则我真要冻死了。我感到下颚放松,四肢开始发热,或许是舞蹈的错觉。我一直跳到脚下的稻草都暖起来了。我这才明白星期五在英国跳舞的原因,不免莞尔一笑。如果我们还待在福先生的房子里,我恐怕永远都不会明白。如果不是浑身湿透,被困在潮湿、漆黑的谷仓里,我也不会发现这个道理。因此我们可以知道,生命中的所有安排早有定数,如果我们耐心等候,就能看见当中的巧妙设计,如同观察一个织工的作品,第一眼我们也许只能看见织线的纠结,但是如果我们有足够的耐心,继续凝视,我们就会看到花朵、跃起的独角兽,或许还有塔楼。

  我双眼紧闭,脑中思绪翻腾,身体旋转着,嘴上闪过一丝笑容,我想我正陷入一种狂喜状态。再一次清醒的时候,我发现我站得直挺挺的,用力喘着气,突然觉得自己到了遥远的地方,目睹着奇妙的景象。我蹲下身去,拍打地面,问自己:我在哪里? 当我意识到自己是在波克夏时,内心突然一阵剧痛,无论我在狂喜状态中看到什么——我什么都唤不回来了,留下的只是残余的记忆,如果你能体会的话——有一则讯息告诉我(不知道从谁那儿来的?),尚有其他的生活为我展开,绝不是只有眼前与星期五长途跋涉走过英国乡间的日子而已,这是我打心底感到厌烦的生活。那一刻我才明白星期五在你的屋子里不断跳舞的原因,那是他的灵魂让他摆脱纽因顿,摆脱英国,还有我。我觉得和星期五一起生活的日子让人难以忍受,是不是星期五也觉得和我一起的日子很让人烦? 既然我们俩不得不一起相伴,我觉得,最好的方式就是跳舞、旋转和进入忘我的状态。我在黑暗中说:"星期五,现在轮到你跳舞了。"然后我爬进草堆里,将草盖在身上睡着了。

第一道曙光刚出现,我便惊醒了。身上觉得暖和,也平静和精神了许多。我看到星期五睡在门后的跨栏内,便要摇醒他。令我惊讶的是,我发现他不大想动,我一直以为野蛮人都是睁着一只眼睛睡觉的。但是可能他在小岛上就已经丧失野蛮人的习性了,毕竟他与克鲁索都没有什么敌人可以担心的。

* * *

我不想夸大我们前往布里斯托的路上所遭遇的一堆千奇百怪的事,但我还是想说说那个死掉的婴孩的事情。

那是在马尔堡外几英里处,我们在路上已经走了一段时间,我的目光突然落在沟渠里的一个包裹上。我要星期五去捡起那个包裹,心想也许是从马车上落下的一包衣物,出于好奇,我想知道里面是什么东西。当我解开包裹的时候,发现包裹沾有血迹,一时之间害怕起来。出现血迹的地方总是容易让人胡思乱想。我还是将包裹打开了,发现里面是一个出生没多久的死婴,血淋淋的婴儿是个已经完全发育成形的女婴,她的手握着耳朵,面容安详,来到这世上大约一两个小时。她是谁家的孩子?四周的田野空无一人,大约半英里处有一簇农舍。要是我们把人家扔掉的孩子归还回去,好像指控人家一样,人家会欢迎我们吗?再说,要是他们把孩子当成我的,将我扭送见官,怎么办?想到这儿,我又将婴儿用那块血淋淋的布包了回去,放在沟渠底部,满心愧疚地领着星期五离开那里。我心里不由得想,那个婴孩可能再也不会醒来,紧闭的眼睛再也见不到天空,紧握的拳头再也不会张开。那个孩子是另一个世界的我吗?星期五和我睡在树荫里(那晚因为饥饿难耐吃了一些橡树果实)。才躺下一分钟我便惊醒了,心想必须在乌鸦和老鼠吃掉那婴儿之前回到那里。我左思右想,终究没有起身。我躺了回去,大衣盖住耳朵,泪水滑落脸颊。由于饥饿的缘故,我不禁想到星期五。如果不是我在场,他是否会在饥饿的情况下吃了婴儿?我一直提醒自己,将星期五想成专吃死尸的食人族是不对的。但是克鲁索曾经向我提过这件事,所以现在我看着星期五的嘴唇,就不禁想到他到底吃过什么肉。

我承认,我这种想法的确疯狂。我们不能因为邻居的手曾经沾过血,尽管现在已不再犯,还是不与他们有接触。我们所有的人都该培养一种忽视或者视而不见的能力,否则我们该如何容忍社会上的一切恶行?如果星期五曾经发誓他在岛上十五年间都没有吃过人肉,为何我不能相信今后他也会这样做?如果他内心还残余着食人族的野性,一个有血有肉的女人难道不会比冰冷的婴儿尸体更美味吗?血液在我的耳朵里击打,树枝的咯吱声响,或是飘过月亮的云朵,让我不禁想到星期五会往我身上扑过来,虽然一方面我知道星期五还是从前那个迟钝的黑人,但是另一方面我却无可救药地将他想象成是一个杀人成性的家伙。于是我一直不敢闭眼,直到天亮,我看着星期五沉沉地睡在距离我几步远的地方,他的脚伸出袍子外,似乎感觉不到一丝寒冷。

　　　　＊　　　　＊　　　　＊

　　虽然我们静静地走着,但是我的脑海中还是有些词在嗡嗡作响,都是我想要告诉你的内容。在纽因顿那一段黑暗的日子里,我相信你已经死了:你饿死在住处,已经被人以穷人的方式安葬了;或是你被追捕,被送到了弗利特监狱,最后惨死却无人知晓。但是现在,我不能解释为什么,但是我深信你还活得好好的,在我们前往布里斯托的路上,仿佛你就在我身边,我一直在和你交谈。你是我熟悉的鬼魂,我的伴侣。还有,克鲁索,他也是。有些时候克鲁索仿佛回到我身边,还是像从前那样阴沉(但我还能忍受)。

　　　　＊　　　　＊　　　　＊

　　到了马尔堡,我发现了一间文具店,以半个几尼的价钱卖掉一本从你书房拿出来的四开本的帕克汉姆所著的《阿比西尼亚游记》。虽然我很高兴,减轻了身上不少的重量,但我还是觉得遗憾,因为我没有时间读完这本书,否则我会增加对非洲的了解,进而能够在星期五返家的路途中,对他有些帮助。虽然星期五不是从阿比西尼亚来,但是在前往阿比西尼亚的路上,旅行者肯定会经过许多国家:也许星期五的国家就是其中的一个呢?

　　一个老人问道:"你是他的情人吗?"这是个多无礼的问题啊!可那家伙表情却是认真的。我答道:"他是个奴隶,他的主人死前还他自由之身,我和他一起到布里斯托,他可以在那里搭船并返回他的故乡非洲。""所以你准备要回非洲去?"老人转向星期五说。我插嘴道:"他不会说话,他从小就没有舌头,现在只能靠手势来表达。用手势和动作来表达。""你回到非洲之后肯定有许多故事要告诉你的族人,是吧?"老年人像是对聋子一样大声地对星期五说着话。星期五茫然地看着他,但是并没有被他吓着。他继续说道:"大城市,还有像城堡一般大小的轮船。当你给他们讲你见过这些东西时,他们一定不相信。""他没了舌头,所以他不会说话。"我说着话,心里真希望那个家伙可以走开。但是好像他也是个聋子。他说道:"你们是吉卜赛人吗?你和他是吉卜赛人吧?"一时之间我真不知道该如何回答。我又重复了一遍:"他曾经是个奴隶,现在他要回到非洲去。"他说道:"是啊。但是我们通常将那些满脸污垢,乱七八糟走在一起胡闹的男女称为吉卜赛人。"他拄着拐杖,站起身来盯着我,好像看我是不是敢反驳他。我喃喃道:"星期五,走吧。"我们便离开了那个广场。

想到这段小插曲不免令人觉得有趣,但同时还有一些震撼。像鼹鼠一样住在你的房子里这么长时间,我的肤色已经不是在岛上生活时的那种深棕色了。但是说真的,这一路上我确实甚少梳洗,也没有觉得有何不安。我记得有一艘船满载着吉卜赛人,他们浑身肮脏,不被信任,被逐出西班牙的加利西亚,踏上巴伊亚这片陌生的土地。星期五和我曾有两次被唤作吉卜赛人。什么是吉卜赛人?什么是公路响马?在西方国家,这些词似乎被赋予了新的意义。我是不是连自己都不知道,就成了吉卜赛人呢?

* * *

昨天我们抵达了布里斯托,直接往码头的方向走过去,星期五明显记得自己曾到过这个地方。我拦下路过的每一个水手,向他们打探是否知道有哪艘船要开往非洲或是东方。最后我们被指引着找到一个印度人,他正好搭乘开往香料岛亭可马里①的船。运气不错,我们刚好遇见了运货的船靠岸,大副下船上了岸。我请他不要介意我一路风尘的肮脏样子,并向他保证我们绝不是吉卜赛人。我对他说星期五从前在美洲当奴隶,现在是自由之身,希望能回到故乡非洲。我表示遗憾地继续说道,星期五既不懂英文,也不懂其他语言,因为他被奴隶贩子割掉了舌头。但是他非常勤快,而且服从命令,只要让他回到故乡非洲,他可以不要钱,在甲板上干活当帮手。

听到这,大副微笑道:"小姐,我告诉你,非洲是个很大的地方,你的人知道自己要到哪里下船吗?他也许会在非洲被放下船,可是说不定那里距离他的家乡就跟从这里到俄罗斯一样遥远。"

对于他的问题,我耸耸肩。我说道:"等到时机成熟,我相信他会知道,我们对于家的感觉从不会消失。你是否愿意载他一程?""他以前跑过船吗?"他问道。"他曾经跑过船,也遭遇过海难,他当了好一阵子水手。"

于是大副同意带我们见印度籍的船长。我们跟随他进

---

① 斯里兰卡东北部港口城市。

入一家咖啡店,船长正与两个商人坐在一起。等了一段时间,我们才被引见。我将星期五的故事再说了一遍,向船长表示星期五想返家的心情。"小姐,你曾到过非洲吗?"船长问。我答道:"我从没有去过,但那无关紧要吧。"他说:"你不和他一道去吗?""不了。"他说道:"那么我告诉你,非洲有一半是沙漠,其他地方则是容易引起恶病的臭烘烘的森林。你的黑人奴仆待在英国比较好。但是如果他还是决定要去,那么我可以载他一程。"听到这里,我内心狂喜。"你有他的解放证明吗?"他问。我向星期五示意(这个时候,他像竹竿一样站着不动,一副不知所以然的样子),我要他打开脖子上的袋子。我将里面签有克鲁索名字的文件交给船长看。"很好,"他说着就将文件收起来,"我们会带他到非洲去,在他想下船的地方靠岸。但是现在你得和他告别了,我们今天上午就要启程了。"

不知道是船长的动作,还是他和大副之间的眼神,什么东西让我觉得事有蹊跷。我伸出手去,说:"那张文件是属于星期五的,这是唯一证明他是自由之身的文件。"待船长将文件交还给我之后,我又说道,"星期五现在还不能上船,他得去城里拿他的东西。"他们似乎发现我看穿了他们的伎俩(将星期五再次卖给奴隶贩子),船长耸耸肩,转过身去,事情就这么结束了。

因此,将星期五送回非洲、我回伦敦的计划,就像空中楼阁,在我耳边坍塌。我觉得如果船长是个可信的人,他不会随便接受像星期五这样一个什么都不会的水手的。只有那些不道德的家伙,会假装十分欢迎我们,将我当成一个容易受骗的傻子,把星期五当成上天送来的现成的猎物。有一个船长说,他的船航行时会经过卡利卡特①,中途会在好望角停泊,他可以让星期五在那里下船。但是我在码头打听到他的船是要开往牙买加的。

是我太疑神疑鬼了吗?我所知道的是,如果星期五在无知的情况下,再度被卖到种植园去干活,我今晚肯定无法入眠。一个女人也许不想要孩子,却生下了一个孩子,她可以在不爱这个孩子的情况下,将他抚养成人,但是她会随时准备用生命去保护这个孩子。星期五与我之间的关系就像这样。我不爱他,可是他却是我的。这是为何他至今仍留在英国的原因。这是为何他在这里的原因。

---

① 印度西南部港口城市。

第 三 章

楼梯又暗又破①。我的敲门声传来空荡荡的回音。我又敲了第二次。这次听见了脚步声,门的那一头传来了他压低嗓门的小心翼翼的声音。我通报着:"是我,苏珊·巴顿,只有我和星期五。"这下子,门才打开,他站在我面前,和我第一次在肯辛顿见到的福先生是同一人,但是现在看起来瘦多了,也灵敏多了,看来警觉和少食的状态还是很适合他的。

"我可以进来吗?"我问。

他闪开,让我们进入他的避难处。房间里只有一扇窗子,午后的阳光从那里射进来。窗户朝向北方,可以看到白教堂区的一片屋顶。里面的家具只有一张桌子,一把椅子,还有一张简陋的床。房间的一角被帘子遮着。

我说道:"这儿与我想的有些不同。我还以为地板会积着一层厚厚的灰尘,而且光线幽暗。但是生活总是和我们想象的有些出入。我记得一位作家曾经说过,我们死后

---

① 此处英语原文是:The staircase was dark and mean. 在第四章开首,此句将重复出现,但是时态不同。

会发现自己身边没有天使在合唱,而是身处一个普通的地方,例如炎热午后的澡堂,角落有蜘蛛网,有时就像周末寻常的乡村景致,但是我们后来仍将知道自己处于永恒之中。"

"我没读过这位作家的作品。"

"我从孩提时代就牢记住了这个想法。但是这次我来这,是想知道其他故事。关于我们和小岛的历史——进展如何?都写下来了吗?"

"苏珊,我当然在写,只是进展很缓慢。那是一个缓慢的故事和历史。你是怎么找到我的?"

"完全是凭运气。我和星期五从布里斯托回来后,在修道院花园里遇到你的老管家莎许太太。(我往布里斯托的路上有信写给你,我就带在身上,一会就将信交给你。)莎许太太指引我们找到那个给你跑腿的小男孩,并向他表示我们是可以信任的人,所以他带我们来找你了。"

"你们能来这里实在是太好了,我还想多知道一些关于巴伊亚的事,只有你能告诉我。"

我答道:"我故事的重点不在巴伊亚,但是我仍然会告诉你我知道的一切。巴伊亚是一个建在山丘上的城市。为了从港口将货物运到山上的仓库,商人们用滑轮和绞盘架设了大型电缆。在街上整天都能看到货物在头上的缆线上被运送着。街上的人忙着做生意,人来人往,有奴隶、非奴隶、葡萄牙人、黑人、印第安人和混血儿。那里的确很少看到葡萄牙妇女,因为葡萄牙人非常爱妒忌,他们常说:葡萄牙妇女一生只有三次离家的机会,分别是——受洗、结婚和葬礼。到处游荡的妇女会被视为妓女。我就曾被当作妓女,但是巴伊亚妓女很多(我喜欢称她们为拥有自由之身的女人),所以我不害怕。在凉爽的夜里,巴伊亚的女人穿上她们最美的衣服,因为金子在当地还算廉价,她们脖子上挂着金链子,手臂上挂着金手镯,头发上也别着金饰物,在街上游走。其中最美的要数有色人种的女人,就是他们所说的'木拉塔斯'。当局无法阻止金子的盗卖,因为金矿位于山区内部,矿工直接将金子卖给金匠。但是我身上没有任何东西可以让你见识金匠的手艺。我的家当被船上反叛的水手洗劫一空。我漂流到荒岛上时只剩下身上穿着的衣服,在烈焰下像甜菜根一样红。我的双手都磨破了皮,起了水泡。难怪我无法吸引克鲁索。"

"星期五呢?"

"星期五?"

"他可曾被你迷倒?"

"我们怎么知道星期五心里是怎么想的?但是应该没有。"我转过身看着星期五,他蹲在门边,头靠着膝盖,"你爱我吗,星期五?"我轻声喊道,可是星期五连头都没抬一下,"福先生,我们天天生活在一起,但谈不上爱。星期五仿佛是我的影子一般。虽然我们的影子从不会与我们分开,但我们的影子会爱我们吗?"

福先生微笑道:"再和我多说一些巴伊亚的事吧。"

"巴伊亚有很多趣事可说,它自成一个世界。但是,为什么要说巴伊亚呢?它并不是我要说的那个小岛,它只不过是我路过的一个地方而已。"

福先生谨慎地答道:"不见得如此吧!我们再排演一下你的故事,你就会明白的。故事从伦敦拉开序幕。我不知道你的女儿是被绑架的还是和别人私奔了,但这不是重点。为了找她,你到了巴伊亚,因为你被告知她在那里。你在巴伊亚待了不到两年,那是毫无收获的两年。这段时间你如何生活?你有衣服穿吗?你在哪里睡觉?如何打发时间?有朋友吗?这些都是读者可能会提出的问题,而我们必须回答。你女儿的命运如何?即使在巴西这样一片广阔无垠的地方,一个女孩也不会像烟一般无故消失。你在找她的同时,她是否也在找寻你?问题真是够多的了。最后你感到绝望,就放弃寻找,离开那里。在那之后不久,你的女儿从偏僻地区来到巴伊亚,来寻找你。她听说有一个身材高大的英国女子搭乘开往里斯本的船离开了,于是紧跟着也去了。她抵达里斯本和波尔图的港口。粗俗的水手见她单纯,非常善待她。但是那里没人听说过有什么从巴伊亚来的英国女人。你是否在亚速尔群岛望着大海,像希腊神话里的阿里阿德涅①一样悲伤?我无从得知。时光荏苒,你的女儿也开始绝望。不久她听说有一个女人漂流到荒岛获救的消息,岛上还有一名老人和黑奴。这个女人会是她的母亲吗?她跟着谣传一路从布里斯托追寻到伦敦,找到了女人暂居的房子(位于肯辛顿的房子)。她知道女人的名字,女人的名字和她的一模一样。

---

① 希腊神话中国王迈诺斯(Minos)的女儿,曾给情人忒修斯(Theseus)一个线团,帮助他走出迷宫。

"因此我们将故事分成了五个部分:女儿的失踪,巴西寻女,放弃寻找以及小岛历险,女儿寻母,母女重逢。我们这本小说包含了迷失、追寻、失而复得。有开始,有中间,还有结尾。从小说技巧来看,这是借用荒岛事件的插曲——这正好是故事中间的第二部分——最后故事逆转,变成了女儿寻找母亲。"

找到福先生的兴奋感如今荡然无存。我整个人重重地跌坐到椅子上。

"小岛上发生的事情不足以成为一个故事。"福先生缓和地说,手放在我的膝上,"我们要将它放入更大的格局中,才会显现其生命力。如果只写荒岛上的经历,就仿佛在描写一艘日复一日在大海中漂泊的船,某一天船因为进了水,便无声息地沉入大海了。岛上的生活太枯燥,千篇一律。它就像一块面包,如果读者没有一点吃的,可能会迫切地想吃它,吃了可以活命;但是如果还有滋味甜美的点心可以选择,哪个读者还会愿意吃那块面包呢?"

我说道:"在你尚未读过的信里面,我对你说了我的想法,如果故事显得愚蠢,是因为故事总是顽固地保持沉默。你感觉到故事缺乏的部分,应该是星期五失去舌头的事。"

福先生没有回答,我继续说下去:"关于星期五舌头的这段故事是无法说明的,我也不知道该怎么说。也就是说,关于星期五失去舌头的这段故事可以有很多版本,但是真正的故事只有星期五才知道,而他却无法说话。我们永远不会知道故事的真相,除非我们赋予星期五声音。"

越来越艰难地,我继续说道:"福先生,当我还住在你的房子里时,有时候我在楼上躺着,但是保持着清醒,听着耳朵里脉搏的跳动声,楼下的星期五沉默无声,那种寂静仿佛一缕黑烟一般顺着楼梯向上蹿。我有很长时间无法呼吸,以为自己就要在床上窒息而死。我的肺、我的心脏和我的头都充满了黑烟。我跳了起来,打开帘子,将头伸了出去,呼吸一下新鲜的空气,再亲眼看看天空中静止不动的星星。

"我在信中还告诉你有关星期五的舞蹈。但是我并没有将所有的故事告诉你。

"星期五发现了你的袍子和假发之后,就当成是他的了。他会花上好几天,用他的方式不停地旋转、跳舞和歌唱。我没有对你说的是,他跳舞的时候只穿袍子、戴假发。当他站直身子的时候,袍子长及脚踝;但是等他开始舞动,袍子便会跟着向上翻起,这样的舞蹈让人不禁以为他想借此裸露下半身。

"克鲁索曾经说过,奴隶贩子习惯将囚犯的舌头割掉以驯服他们。我得说我怀疑这只是他想找个好听点的理由做托词。割掉舌头不仅仅代表行为本身,还象征着一种残酷的残害身体的行为,我要理解到的不仅仅是一个哑巴奴隶,而是一个被阉割的奴隶。

"那天早上,我头一次听到从门边传来哼歌的声音,看见星期五穿着袍子跳舞,衣摆翻飞。我十分困惑,呆呆地看着这幕从前没清楚地看过的情形,也不觉得不好意思。虽然以前也看过星期五裸露的身体,但却是在远距离的情况下;在岛上,我们都尽量保持礼貌,星期五也是如此。

"我告诉过你,克鲁索曾经当着我的面,将星期五的嘴巴掰开,要我看他没有舌头的样子。他这样的举动将我吓坏了。我挪开视线,不想看见他嘴里的舌头的残根。之后,我脑海里便一直出现星期五被掰开嘴巴、扭动身体的图像,就像一条虫被切成两半,在垂死之前拼命扭动躯体。那晚过后,我就一直害怕会有更残酷的画面出现。

"在舞蹈中,好像一切都在动,而一切又都是静止的。翻飞的袍子有如深红色的钟形物在肩头上包裹着他,星期五是中间的黑色柱子。我看见了原本该被遮住的部位,或者应该说,我的眼睛睁开着,看着眼前出现的事物。

"我看见了而且也相信自己看到了,但是在此之后,我想起了多马,他也看见了,但是直到他将手探入耶稣的伤口才真正相信。①

"我不知道这些事情怎能被放进小说里,除非用隐喻的笔调处理。我第一次听说你的时候,被告知你是信神的人,像某种神职人员,你的工作就是专门倾听罪犯内心的忏悔。我曾发誓,我绝对不会像一个应该被绞死的犯人一样跪在他跟前,嘴里都是无法说出口的事实,我会将能描述的事情以最简单的字眼来说明,不能阐明的事,我就三缄其口。但是现在,我却要对你说出我内心最不堪的秘密!你仿佛是个恶名昭著的花花公子,女人本想以武力对付他,但

---

① 耶稣的十二个门徒中,唯有低土马的多马不信有人能受过十字架刑而起死回生,因而对别的门徒说:"我非看见他手上的钉痕、用指头探入那钉痕、又用手探入他的肋旁、我总不信。"耶稣让他摸了自己的伤口,多马才虔诚皈依。(参见《新约·约翰福音》20:24—29)

是最后在他面前又是那么不堪一击,他狼藉的名声成了他最狡猾的诱惑人的武器。"

"关于我想知道的巴伊亚,你还没有全部告诉我呢。"福先生说。

我告诉自己(难道我之前没有说过这件事?):他就像只耐心十足的蜘蛛,坐在自己的网中央,等待猎物上门。等到我们在网中开始奋力挣扎,他便张开嘴将我们吞噬。我们用尽最后一口气大喊时,他狡猾地笑道:"我可没要你来找我,是你自己送上门来的。"

我们之间沉默了好一阵。"我是被抛上岸边,不是自己要去的。"——这些话脱口而出。这话是什么意思?楼下的街道上传来女人的责骂声。她喋喋不休地说着。我笑了笑——不知为何,我无法控制自己——福先生也跟着笑了一下。

我说道:"至于巴伊亚,我有意没多谈。我想让大家知道的是我在小岛上发生的事。你说那只是故事中的一个插曲,但是我仍称之为故事。故事从我漂流到小岛开始,结束之处在克鲁索的死亡以及我和星期五回到英国开始充满希望的新生活。在这个大格局的故事中,插入一部分我是如何被放逐到这个孤岛的(由我讲给克鲁索听),以及克鲁索遭遇船只失事和在岛上的生活(由克鲁索讲给我听)。另外还有星期五的故事,也许它不是一个故事,而只是叙述中的一个谜或是空洞。(我将其看作是一个扣眼,边沿处锁得很结实,但是中间还空着,等待着纽扣穿过去。)放到一起,这个叙述有开始、有结束,还有一些有趣的插曲,缺乏的只是实质、多样的中间部分,因为在这部分中,大部分的时间克鲁索在垦地,而我则将时间花在海边的散步上。你曾经提议在中间设计一些食人族和海盗的情节,但是我不愿意这样,因为这不是真实的情况。现在你提议将小岛上的描述缩减为一个女人寻找失踪女儿的过程的一小部分,这种设计我也不能接受。

"你最大的错误在于没有看到我的沉默与星期五的沉默是不同的。星期五沉默是因为他不能说话,所以只好日复一日任凭他人肆意地塑造。我说他是食人生番,他就是食人生番;我说他是洗衣工,他就变成了洗衣工。星期五到底是怎样的人?你会说:他既不是食人生番也不是洗衣工,这些只不过是名称而已,并没有触及他的本质。他是一个真实存在的个体,他是他自己,星期五就是星期五。但事情并非如此。不管他是怎样的人,(他自己知道自己是谁吗?——他又怎么能告诉我们呢?)对于这个世界来说,他是什么样的人都取决于我想将他塑造成什么样的。所以星期五的沉默是一种无助的沉默。他是沉默之子,未出世的孩子,等着出世却又无法诞生的孩子。而我对于有关巴伊亚和一些其他的事情所保持的沉默是有选择、有目的的,也就是说这是我自己选择要沉默的。我得说,巴伊亚自成一个世界,巴西则是一个更大的世界。巴伊亚与巴西都不属于小岛故事的叙述范畴,不能混为一谈。举例来说:在巴伊亚的大街上,你也许会看见黑人妇女带了几大盘的甜点在出售。我能说出一些甜点的名称:Pamonhas(印第安的玉米点心),quimados(用糖做的,法国人称它为 bon-bons), pao de milho(玉米面做成的海绵蛋糕),pao de arroz(米制的点心),还有rolete de cana(又叫作甘蔗面包卷)。这些是我能想出名称的,还有其他许多香甜可口的甜点,在任何街头巷角,都可以从卖甜点的人那里找到。想想吧,这个生机勃勃的城市里有那么多新奇的内容,从早到晚,络绎不绝的人将街道挤得水泄不通,从森林里来的裸身印第安人、黑皮肤的达赫米亚斯人、骄傲的卢西塔尼亚人,以及各式各样的混血人种;肥胖的商人坐在轿子中,仆人抬着他行进在苦行者的队伍中;旋转的舞者、卖食物的小贩,以及要去观赏斗鸡的人潮。如此多的内容,你怎么可能在一本书中说尽巴伊亚?只有那些人口稀少的小地方——像荒岛或僻静的棚屋,用不太多的文字就能描述。再说,我的女儿已经不在巴伊亚,而是到了内陆,一个我无法想象的、广阔而又陌生的世界,就像克鲁索离开的平原和种植园。在那里,蚂蚁成了主宰,一切都颠倒了过来。

"我可不是你所描述的小偷或是盗匪类的人物,草率地悔过后,被鞭打一番后又被送往太伯恩行刑场[①],到头来是永恒的沉默,然后你就可以自由地发挥想象力去编撰他们的故事了。我依旧能够引导和修正我自己的故事,甚至可以否决。我仍旧希望我是我自己故事的创造者。"

福先生说话了:"苏珊,我想讲一个故事给你听,那是我探访新兴门监狱时听到的一个故事。有个女人被判犯了偷窃罪,就在她要被送到太伯恩行刑场上绞刑架之前,她要

---

① 旧时英国伦敦的刑场。

求牧师听她忏悔,因为她从前所说的都是谎言。于是法官传唤了一位牧师。这位夫人在牧师面前不仅忏悔犯下偷窃罪,还说出了她犯过的更多的罪行。她说自己曾经抛弃了两个孩子,还掐死了一个躺在婴儿床上的婴儿。她说自己有三个丈夫,一个在爱尔兰,一个去了卡罗来纳,还有一个在新兴门监狱,他们都在人世。直到太阳出来,她还在叙述她在幼年和成年之后所犯下的罪行,狱吏敲门了,牧师让她停下来。他说道:'太太,我真是不敢相信……短短的一生能犯下这么多的罪行。你真要让我相信你是那样的一个不折不扣的罪人吗?'女人说道(我得说,她是爱尔兰人):'可敬的牧师,如果我说的不是实话,那岂不是亵渎了神灵,比我犯下的罪更为严重?我等于是再自找一次忏悔与悔过。如果我不是诚心地想悔过(我真是在诚心悔过吗?——我扪心自问,而我的内心是如此黑暗,我无法明确地说出什么来),我所做的忏悔不也是假的了,那么到头来我岂不是罪加一等?'于是,一天下来,那女人不断地忏悔,然后再质疑自己的忏悔,到最后连车夫都开始打瞌睡了,卖馅饼的小贩和人群纷纷散去,牧师也举起手,不顾她抗议说自己的故事还未讲完,赦免了她的罪,然后急急忙忙地走开了。"

我问道:"你为何要告诉我这个故事?难道我是那个大限已到的女人,必须要上绞刑架了?而你就是那位牧师吗?"

福先生回答:"你可以随意说这个故事有什么用意,但是,对我而言,这个故事的寓意在于总有一个时刻,我们必须对这个世界有所交代,在此之后就要永远缄默不言。"

"对我而言,这个故事的寓意在于:那位牧师比最强的力量还厉害,决定着最后的定论。这里的强大力量,我所指的是行刑者和他的助手,他们既强大也渺小。如果我是那个爱尔兰女人,我就算躺在坟墓里也无法安息,因为我发现我生命的最后几个小时所说的故事被托付给了那样一个牧师。"

"接着,我要告诉你第二个故事。有个女人(另一个女人)被判了死刑,——我忘了她的罪行是什么。随着行刑日的到来,她感到越来越绝望,因为她找不到人可以帮她抚养襁褓中的女婴,女婴与母亲一同关在监狱中。最后,一个狱吏同情她的处境,与妻子商量之后,同意将孩子当成自己的亲骨肉来抚养。当这个女人看到自己的孩子安详地躺在养母的怀里,便转身对行刑者说:'现在你可以对我行刑了。因为我已经脱离了监狱,你现在所面对的只不过是我的躯壳而已。'(我想她是指蝴蝶从蛹变成蝴蝶后所留下的外壳。)这是一个发生在过去的事情,现在我们不再如此残酷地对待做母亲的人了。然而,这个故事还是有其寓意的,它的寓意是:关于永恒的方式不光只有一种。"

"福先生,魔术师可以从袖子里变出一朵又一朵玫瑰,我可没有那样的本事,可以一则接一则地讲出很多的寓言。我承认,自己曾经希望过会成为名人,然后可以看见街上挤满了来看我的人,耳朵里可以听到他们窃窃私语:'她就是那个海上遇险者苏珊·巴顿。'但那是过去的不切实际的想法,现在早就丢掉了。你看我现在的样子:有两天没有吃东西了,我衣衫褴褛,头发零乱,就像是个肮脏的吉卜赛老女人。我只能睡在过道上、教堂里或是桥下。你能相信这种乞丐生活是我所向往的吗？洗个澡，换上新衣服，带上你写的介绍信，明天我就能找个女佣的差事，待在舒服的大房子里。我就能回归到你所建议的、从各方面讲都实实在在是人过的日子。但是这种日子实际上很可怜，并不是人应该过的日子。妓女也是被男人们看作实在的个体来利用的。海浪将我带到岛上，一年之后，同样又是海浪带来了解救我的船只，这是真实的故事。或许从这个故事中，可以窥见上帝的启示，但是我仍像新生儿一般无知。这就是为什么我不能停下来，这也是为什么我像一个甩不掉的尾巴一样跟随你到你的藏匿地点。如果不是因为我相信你是我要找的、唯一能够真实传达我想法的人，我又怎么会来这里找你？

"福先生，你知道缪斯的故事吗？缪斯是一个女人，一个女神。她在夜里造访诗人，并给他们故事创作的灵感。之后他们会说，缪斯是在他们最绝望的时刻出现的，以神圣的火苗点燃他们，然后他们本已经枯竭的笔就会源源不断地写出文字来。当我替你写我的回忆录时，我发现自己笔下的小岛是那样的索然无味，毫无生气，那时我是多么希望有一位男性缪斯——一个年轻的灵感之神在夜里造访女作家，让她们源源不绝地写出作品。现在，我明白了，缪斯是女神也是男神。我不想成为我故事的孕育者，我想成为引发者。这个故事不是由我来写，而是由你来写。但是为何我要和你争辩其中的内容？你何曾听说有人要求一个男子用三段论捍卫自己的求爱誓言呢？"

福先生并没有搭腔,只是走到房间的另一头,走到遮着布的壁橱跟前,拿了一个罐子回来,说道:"这些饼干是意大利式的,由杏仁粉制成的。唉,这是我唯一能够提供的东西了。"

我拿出一块品尝。饼干很松软,很快就在我的舌尖溶化了。我说道:"这是神赐的美食啊。"

福先生笑着摇摇头。我拿了一块给星期五,他懒洋洋地从我手中接过。福先生说:"那个男孩杰克一会儿就来,我会让他去替我们准备晚餐。"

一时无言。我望着窗外的塔尖和屋顶,说道:"你为自己找了一个绝佳的隐蔽之处,仿佛是鹰巢。我是在没有窗户的房间里,就着烛光,将纸张放在膝盖上写回忆录。你说,是不是因为这缘故,我的故事才如此乏味?是不是因为我没有你这样敞亮的视野,所以就看不清楚事物了?"

"故事并不乏味,只是太老套了。"福先生说。

"只要我们提醒自己那是个真实的故事,就不会觉得故事乏味。但是就冒险故事而言,它确实有些沉闷。是不是因为这个,你才要我加进去一些关于食人族的描写?"福先生审慎地点着头。我说道:"星期五在这儿,他就是活生生的食人生番。要是我们站在星期五的角度看,会发现食人生番不比英国人更有趣。"福先生回答道:"我肯定,是因为我们剥夺了他们吃人肉的乐趣,他们脸上就黯然无光了。"

有人在敲门,一个小男孩进来了。就是这个小男孩指引我们找到这里的。"进来,杰克!"福先生说道,"这位是巴顿太太,你刚才见过的,她要和我们一起用餐,你能准备双份晚餐吗?"他拿出钱包掏钱给杰克。"别忘了还有星期五。"我插嘴说。"记得帮她的男仆也准备一份。"福先生说。小男孩便离开了。"我最初看到杰克时,他和其他的一些流浪儿、孤儿一起睡在玻璃厂的废墟上。他自己说他十岁,却已经是个很有名的扒手了。""你难道不想教育他?"我问。福说道:"若要他学会诚实,就要将他送进少年感化院,你会为了几条手帕将这个孩子送到少年感化院吗?"我说:"不会,但你这是在将他送往绞刑架,你难道不想将他带到家里,教他认字,或送他去当学徒?"福说道:"如果我这么做,你知道会有多少个被我从街上救回来的学徒要睡在我家地板上?然后我就会被当成这些小偷的头头,我将我自己送上了绞刑架。杰克有他自己的生活,而且比我能给他的生活会更好。"我说:"星期五也有他自己的生活,但我不会将星期五丢在大街上。""你为何不这样做?"福先生问。我答道:"因为他十分无助,因为伦敦对他来说十分陌生。因为他会被当成逃脱的奴隶再被卖掉,然后被运往牙买加。"福先生说道:"说不定他倒愿意被带到有同类的地方,吃喝都有人照料?伦敦的黑人比你想象中的多,夏日的午后,走在麦尔恩德路上或是在帕丁顿,你就可以看到很多。难道星期五和其他黑人共处不会比较快乐吗?他可以在街上和其他黑人组成乐团。街上到处都是这种打零工的乐团。我会将我的笛子送给他。"

我瞧了瞧星期五。难道是我看错了吗?——他眼神中似乎闪烁着理解的意思。"星期五,你明白福先生说的话吗?"我问。他呆滞地回望着我。

福先生说:"如果我们在伦敦有西部①那种雇工市场,星期五就可以肩扛着锄头排队等着,不用说一句话,就可能被雇佣为园丁。"

杰克拿着托盘回来了,香味四溢。他将托盘放在桌子上,并在福先生耳边轻声耳语。福说:"给我们几分钟时间,然后再带他们进来。"说完,他对我说,"我们有访客,但让我们先吃些东西再说。"

杰克买的是烤牛肉和肉汤,此外还有三便士的面包和一壶麦芽酒。只有两个盘子,所以福先生和我先吃了。然后,我又将自己吃完后的盘子装满食物,递给了星期五。

有人敲门,福先生前去应门。先出现的是那个被我留在埃平森林中的女孩,后面跟着一位妇女。我目瞪口呆地站在那里,女孩穿过房间走到我近前。她手搭在我身上,并在我的脸颊上亲吻了一下。我浑身一阵发凉,觉得自己就要昏倒在地上了。女孩向我介绍道:"这位是爱米,爱米从戴普福德来,是我小时候的保姆。"我的耳朵里一阵嗡嗡声,但我还是面向爱米。我眼前是一位身材颀长、和颜悦色的女人,她的年纪与我相仿,帽子下方露出漂亮的鬈发。

我喃喃道:"很高兴认识你,但是我以前应该没有见过你。"

有人碰碰我的手臂。原来是福先生。他领着我走到椅子旁让我坐下,并给了我一杯水。我说:"我只是有些头

---

① 原文为 west country,专指英国西部各郡。

晕。"他点点头。

福先生说:"现在大伙都在这,苏珊、爱米,你们坐吧!"他示意她们可以在床上坐。小男孩杰克站在福先生身旁,好奇地盯着我瞧。福先生又点了一盏灯放在壁炉台上,说:"一会杰克就会帮我们拿些煤炭来生火,是不是啊,杰克?"

"遵命,先生。"杰克说。

我开口说话了:"天色不早了,我和星期五得先告辞了。"

福先生说:"你别离开了,你没有地方可去,你最近什么时候有这样相聚的时光?"

我回答道:"我这辈子都没有这样相聚的机会。我原以为这是可供寄宿的房子,然而现在看,房子里待的都是演员。福先生,我知道如果我说这两个女人对我来说是陌生人,这话说了也是白说,你会说可能是我忘记了,然后你会怂恿她们将过去的一切说出来。到头来,她们反而会指控我也是个演员。

"除了抗议说那些并非事实,我还能做什么?我和你一样熟知很多自欺欺人的技巧。但是如果我们连自己是谁、做过什么都不知道了,我们又怎么能生活下去?如果我听从你的意思,尽管认为自己的女儿已被巴西大草原吞噬了,还承认他们说的话,说她也可能过去几年都待在英国,现在就在这个房间里,只是长的样子我认不出了——因为我印象中的女儿身材修长,头发是黑的,有自己的名字;如果我说自己就像是漂浮在海上的瓶子,瓶塞中塞着字条,字条也许是一个在河道上钓鱼的无聊孩子或是在海上捕鱼的水手所写;如果我说不论什么故事,只要是关于我的,我就承认,你一定会将我打发了,你肯定会对自己说:'这不是一个女人,只是一串空洞的、没有任何实际价值的文字。'

"福先生,我不是故事。也许我一开始就没有任何介绍地直接对你说我从船上滑入海水中并奋力上岸的经历听起来像小说,但是我的人生并非从海水中开始的。在那之前,我在巴西度过很长的一段时间,孤独地寻找着女儿的下落,再追溯到那段与女儿相处的日子,甚至可以追溯到我出生的时候。所有这些内容是我选择不去曝光的。我之所以选择不说,是因为对于你或是其他任何人来说,我都没有必要用一长串的历史证明我曾经存在过。我宁可选择我在岛上与克鲁索和星期五共度的时光,因为我是一个自由的女人,可以根据自己的希望选择说出自己要讲的故事,这是我的自由。"

我气喘吁吁地停顿下来。女孩和爱米都热切地看着我,似乎很友善。福先生向我点点头似乎在鼓励我继续说下去。那个男孩子手里拿着煤桶动也不动地站着。甚至连星期五也盯着我瞧。

我穿过房间,走近那个女孩。我注意到,看着我走近,小女孩并不畏缩。我心想,我还要用什么方法进行考验呢?然后我将女孩抱在怀里,亲吻她的唇,我感到她也温柔地回应了我,仿佛是在回应爱人的热吻。当我碰她的时候,难道我不是在期望她会消失融化?她的躯体会像燃尽的纸灰一般散去?我紧紧地抓住她,手指掐紧她的肩膀。这真是我女儿的躯体?我睁开双眼,看见爱米的脸也凑过来,距离我也就半英寸,她双唇微启,好像也等着被亲吻。我低语道:"她长得和我一点都不像。"爱米摇摇头说:"她真的是你的亲生女儿,在很多看不出来的内在方面,她与你都很相像。"我往后退了一下,说:"我说的不是那些内在的方面,我说的是蓝色眼睛和棕色头发。"如果我想说得更有杀伤力,或许还应该提到她柔软无力的小嘴与我的也不像。爱米说:"她有像爸爸的地方,也有像妈妈的地方。"对于这一点,我想说,如果说那女孩像她父亲,那么她的父亲和我长得应该完全不同,而我们通常不会和与自己完全不相同的人结婚,我们会和那些在某些方面与我们相似的男人结婚。但是我没有这么说,因为我看到爱米的眼神尽管友善,但傻傻的,我说了也是浪费口舌。

我转向福先生说:"福先生,"我想我当时的表情一定相当绝望,而他也看见了,"我真不知道自己跌入一个什么样的房子里。我对自己说,这个自称名字和我一样的孩子,其实是个鬼魂。如果鬼魂真的存在,这就是一个有实质躯体的鬼魂。她不断缠着我,而我不知道其中的缘由,而且她还将其他的鬼魂也一起牵扯过来。我对自己说:她自称是我在巴伊亚失踪的女儿,是被你派来安慰我的,但是因为你缺乏召唤鬼魂的经验,你找了一个与我的女儿完全不像的女人来扮演她。或是你认为我的女儿已经亡故,因此要召唤她的鬼魂,而找来了一个刚好与我有相同名字的鬼魂——这些都是我的猜测。至于那个小男孩,我不知道他是不是鬼魂,但是这也无关紧要了。

"如果这两个女人是你找来的,并根据你的指示来找我,说着你早就替她们准备好的台词,那么我到底是谁?你又是谁?我用文字将自己呈现在你面前——我滑入海里,我开始游泳,我的头发往上漂浮,等等等等,你应该还记得——有很长一段时间,也许我在写信给你,也许你从未读过那些信,也许我没有寄出过,甚至也许我都未曾写过,我仍然坚信自己的作者身份。

"然而,和你待在同一个房间里,我本不需要向你解释我的每一个动作——你有眼睛可以看,你没失明——但我仍然不断地解释和描述。听着!我描述黑暗的楼梯、空荡荡的房间、挂着帘子的壁橱,这些东西可能你比我还熟悉。我描述了你的,还有我的长相,我讲到你的文字和我的文字。根本没有必要说,我为何要说,我要向谁说?

"一开始我以为我要告诉你的是关于小岛的故事,讲完之后我就回到我从前的日子里。但是现在,我的整个人生都要成为故事的内容,我自己什么都没有了。我原以为我就是我自己,而这个女孩是你创造出来的人物。但是现在我的心中充满了疑惑。除了疑惑还是疑惑。我在质疑:谁在说我?我是不是也是一个鬼魂?我属于何种秩序?还有你,你又是谁?"

在我说话的整个过程中,福先生始终直挺挺地站在壁炉边。我期望能够听到回应,因为就我所知,他一定会回答我,但事先一点征兆也没有地,他走向我,并将我拥进怀里吻了一下,而我就像小女孩的反应一样,我感觉我的唇也回应了他的吻,好像一个女子在回吻她的爱人。(但是我又能对谁坦白这一点呢?)

难道这就是他的回答——他和我,一个男人和一个女人,而男人与女人之间的关系是超越文字界线的？如果真是这样,这种回答太没用了,用了行为而不是语言,这是任何哲学家都不会满意的回答。爱米、女孩和小男孩笑得更开怀了。我屏息将自己的身体挣脱出来。

我说道:"福先生,很久以前你写过一篇故事(我在你的书房发现的,我就读给星期五听以打发时间)。故事中有个女人花了一整个下午的时间和一位挚友交谈。到了傍晚,她与她的朋友拥别,约好了下次再见。但是那位朋友并不知道在前一天、在几公里之外的地方她已经死亡,所以她其实是在和鬼魂交谈。你应该记得她的名字是巴菲尔德太太。所以我想你一定知道鬼魂是能与我们交谈的,甚至可以与我们拥抱和亲吻。"

福先生说:"我亲爱的苏珊。(当他这么称呼我时,我实在板不起面孔。已经有好多年没有人这样称呼我了,克鲁索当然不会这样叫我。)我亲爱的苏珊,关于在我们之中谁是鬼魂,谁不是,我真不知道该说什么:对于这个问题,我们只能在沉默之中相互凝视,就像一只鸟在蛇的面前,但求蛇别将我们吞噬。

"如果你还不能抛开疑虑,那么我可以说一些话来安慰你。让我们直面我们心中最大的恐惧,那就是我们都是从各个角落被巫师召唤到这世界的(虽然现世我们不记得了)。如果如你所说是我将你的女儿和她的同伴召唤过来的(其实我并没有这样做),那么我不禁要问:我们是否因此而失去了自由？你难道不是自己生命的主宰吗？我们有必要成为故事的傀儡,像一个重刑犯那样走向不可知的未来吗?尽管方式不同,但你我都知道写作是怎样无序的职业,同变戏法大同小异。当我们坐在那里向窗外望去,看到一朵像骆驼一样的云朵飘过,在还没有来得及欣赏之前,我们的幻想已经将我们带到非洲的沙漠,我们的英雄(也许是我们自己的化身)拿着短弯刀和荒野的土匪厮杀。另一朵云像航行中的船,转眼间,我们便悲惨地漂流到沙漠荒岛。我们可曾想过,我们就是成天围绕这些异想天开的冒险,继续过我们过的日子吗?

"我知道你一定会说,故事中的男女主角是简单的人,不会有你这些关于生命的疑惑。可是你可曾想过,你的疑惑可能与你的冒险经历一样,也是你生活故事中的一部分?我只是想问问你而已。

"相信我,在我写作的过程中,我经常会落入怀疑的迷宫中。我逐渐学会的对付方法是在我停留的地方做上记号,这样一来,无论未来我游移到哪个地方,我都会有一个回去的地方,不至于再次迷失方向。而一旦做上记号,我便奋力向前。我越是常回到起点(这个记号标志着我的盲目和无能),我便越是能确定自己是迷失了方向,然而我也因此而更激动,因为我还是找到了返回的路。

"你可曾想过(我这就说完了),在你游移的过程当中,你可能也不自觉地留下一些这类的记号?或是,如果说你认为自己并没有成为自己生活的主宰,那么有人你在身后所留下的记号标志着我说的那种自身的盲目?由于缺乏周详的计划,你想要试图走出迷宫(如果你确实是惊诧和困惑的),那你就得多次从那个起点开始,又回到那个起点,经过多次反复才能发现自己最后获救了?"

杰克拽了拽福先生的袖子,福先生转身看着他。他们彼此小声说了些什么,然后福拿了些钱给他,他便兴高采烈地道声晚安,然后离开了。爱米太太看看怀表大呼时间不早了。我问她:"你住得很远吗?"她奇怪地看了我一眼,说:"不远,一点都不远。"那个女孩似乎有些不情愿离开,但是我又再次拥抱她,亲吻她,让她似乎开心了许多。现在我更加了解她了——她的外表,或者说是幻影,或是其他什么的,反正不那么让我心烦了。

我说道:"走吧,星期五,我们也该告辞了。"

但是福不同意,他说:"如果你们能在这里过夜,我一定会感到十分荣幸。再说,你们也没有其他地方可以过夜吧?""只要不下雨,我们睡哪里都可以,只不过睡的地方硬了一些。"我回答。福说:"那么就在我这里过夜吧!至少你会有一张柔软的床。""那星期五怎么办?""星期五也一起留下。"他说。"星期五睡哪里?""你打算让他睡哪里?"我说:"我可不要将他送走。"他说:"绝对不会。"我指了指房间里被帘子罩住的壁橱,问道:"他可以睡在你的壁橱里吗?""当然可以,我会在那儿铺张床垫,放个枕头。"他说。"那就够了。"我说。

福在壁橱里铺好了床,我拍拍星期五,轻声地说:"来吧,咱们今晚有落脚的地方了,星期五。运气好的话,明天还可以在这儿吃一餐。"

我将星期五带到他睡觉的地方,帮他拉上帘子。福熄了灯,我听见他在脱衣服。我犹豫着,心里在想:与作者保持如此亲密的关系,这对于书写我的故事预示着什么?我听见床的弹簧发出声音。我喃喃道:"星期五,晚安,别理会你的女主人和福先生在做什么,这都是为了我们好。"然后我脱到只剩一件衬裙,让头发披散下来,钻进了被窝。

有一阵,我们是沉默的,福朝着他那一边,我则朝向我这一边。最后,福开始说话了:"有时候,我问自己,如果上帝造的人不必睡觉,会是怎样的情形?如果我们一直处在清醒的状态,我们会变得更糟还是更好?"

对于他这种无厘头的话,我没有回答。

他继续说道:"我是说,如果没有了夜晚,那么我们也就不用进入黑夜,也就不会在夜里见面。"

我说:"那会怎么样呢?"

他说道:"也就没有更隐蔽的自我,也不会有其他的幽灵。"接着,他突然问道,"你睡眠好吗,苏珊?"

"不管怎样,我睡眠都很好。"我回答道。

"你在梦中遇见过幽灵吗?"

"我会做梦,但是我不会将那些来到我梦里的人称为幽灵。"

"那你会如何称呼他们?"

"他们是回忆,是我在清醒时的记忆,在梦中被打散并重新组合。"

"他们是真实存在的吗?"

"就像记忆一样,有些是真的,有些不是。"

福说:"我读过一位过去的意大利作家写的故事。故事里,他造访或者说梦见自己造访了地狱。他在那里遇见了死者的灵魂。其中一个灵魂在哭泣。这个灵魂对他说:'凡人,不要以为我没有实体,你所看到的我眼中流出的泪水就不是真正的悲伤引发的泪水。'"

我说道:"当然是真正的悲伤,但到底是谁的悲伤呢?是那个魂魄的,还是那位意大利人的?"我伸手去抓住福的手,紧握在我手中间,"福先生,你真的不知道我是谁?还记得吗?那一天下着大雨,我去找你,而你急着要出门。我在那里拖延你的时间、给你讲荒岛的故事,你可能很不愿意听。"(福抱着我说道:"你错了,亲爱的。")我继续说道:"你建议我将故事写下来,希望能读到海上发生的喋血事件,或是巴西人的残忍风俗。"(福一边笑着抱着我,一边说:"开玩笑的,开玩笑的!你一开始就勾起了我的好奇心,我很想知道你是如何叙述这个故事的!")"不是的。我带着自己这个无趣的故事追到这里,跟到你的避难处找你。为此还引来了寻找我的女人。鬼魂与鬼魂之间相互纠缠,就像是跳蚤之间相互吸引一般。你是这样看待这件事的,是不是?""那你为何像你自己说的,纠缠着我不放,苏珊?""为了你的血。鬼魂不是来喝活人的血的吗?阴间让那个意大利人如此受欢迎的真正原因不就是在此吗?"

福没有回答,却吻了我,亲吻当中,他用力咬了一下我的嘴唇,我大叫着往后躲。但是他紧紧地搂住我,我感到他在吮吸我的伤口。他低语道:"我就是这样捕食猎物的。"

他压在我身上,我觉得自己仿佛再次躺在克鲁索的怀抱里,他们都是同一时代的人,结实的下半身,但是都称不上肥胖，他们对待女人的方式也一样。我闭上眼睛，试着回想过去在小岛上的时光，岛上的狂风大浪。但是小岛已经不在，随着茫茫水波，它已经从我的记忆中被抹去。

我安抚着福，低声对他说道："能不能……我希望我们共度的第一个夜晚，我能拥有一些特权。"我哄着他平躺下去。我褪去衬衫，骑在他的身上（让女人压在他身上似乎让他有些不自在）。我低声说："这是缪斯女神造访诗人的方式。"同时觉得自己的四肢逐渐有了活力。

福事后说道："这种骑法真让人振奋，我全身的骨头都要散架了。"在我们重新开始前，我得喘一口气。我说："缪斯造访的旅程可不轻松，她得用尽她所能来引发灵感。"

福安静地躺了许久，我还以为他睡着了。但就在我自己也快要睡着的时候，他突然说道："你信中说过星期五曾经划着船到长满海藻的地方。这一大片海藻水手们都称之为海怪之家——你听说过吗？——海怪的手臂和人类的大腿一样粗，身长好几码，喙像老鹰。我想象着这个巨妖浮在水面上，从环绕在一起的海藻缝隙里瞪视着天空，他的手臂蜷曲着等待。而星期五竟然驾着他的小船驶入这个骇人的区域里。"

我不知道福为何在这样的时刻讲起海怪的故事，但是我没有说话。

他问道："如果那只巨大的手臂出现，抓住了星期五，无声无息地将他拉进水里，从此不再浮出水面，你会感到惊讶吗？"

"一只怪物的手从深海中伸出——那还用说，我一定吓坏了。不但吓坏,而且还会感到不可思议。"

"或者是因为星期五从水面上消失,也从地球上消失,你感到惊愕?"福沉思着。他似乎再次陷入沉睡当中。接着,他又说道:"你说,"我不自觉地惊醒了,他问道,"你说他驾船到船沉没的地方,我们可以猜测那艘船是一艘奴隶的船,而非克鲁索所说的商船。那么,我们假想有上百个和他一样是奴隶身份的同胞——或者是骨骸——依旧被枷锁套着,随着船葬身海底。海底的鱼(正如你所描述的),开心的小鱼在他们的眼眶或者曾经是心脏的空洞躯体之间悠然地游着。想象一下,星期五人在海面上,望着海底的这些残骸,他在海面上撒下花蕾和花瓣,它们在海面上漂浮了一会之后,便沉入到尸骨身边。

"深海中的阴魂是如何召唤着星期五,或者是恐吓着他?而星期五并没有死,他乘着小船,漂浮在曾经布满死亡的海面上,却十分安全。这两种情节难道没有打动你?"

我说:"那不是一艘船,不过是一根木头。"

"每个故事中都有未言及之处,我相信有些地方隐藏了起来,有些字眼没有说出来。直到我们说出了那些未言及之处,我们才会触及故事的中心。我要问的是:尽管在小岛上没有危险,还可能获救,而星期五却敢冒生命危险?"

他这问题十分荒诞,我没法回答。

福继续说道:"我说故事的中心,倒不如用'眼'这一词,应该说是故事之眼。星期五乘着木头划到黑暗的险境——或者说是死寂的眼眶——海底有一只眼睛虎视眈眈地看着他,可是他却划过水面安然无恙。对我们来说,他没有陷入那眼睛的危难之中。我们也是如此,我们或许能划过海面回到岸边,但是我们的智慧却毫无增长,过着与从前一样的日子,像婴儿一般,睡觉时都不会做梦。"

我说道:"或者我们可以说是像一张嘴,星期五毫不知晓地划过那张大嘴(既然我们用了比喻的说法),或是你说的那个张开着,准备将他吞噬的喙。我们应该让星期五的嘴张开,听听里面是什么声音:也许只是一阵沉默,也许像贝壳放在耳边所发出的海啸声。"

福说:"那样也行。我本有其他的打算,但是那样也可以。我们应该让星期五的沉默和星期五周围的沉默发出声音。"

我问道:"但是由谁来做?躺在床上说倒容易,去做却又是另一回事,谁能潜入海底沉船的残骸中?我在岛上曾对克鲁索说,为安全起见,应该在星期五腰间系上一根绳子,然后让他到海底去看一看。但是如果星期五无法告诉我们他看见什么,那么他在我的故事中岂不只是一个潜水员的象征(或者假设)人物而已吗?"

福没有作声。

我说道:"我曾经努力尝试让星期五开口说话或以言语亲近他,可是都失败了。他的表达方式只有唱歌或跳舞,叫喊是他的语言和文字。许多时候我曾自问,无论他是否知道语言为何物,他幼年时是否学过语言?"

福问:"你曾经教他如何写字吗?"

"如果他无法说话又怎么懂得如何写字?字母是文字的反映。即使我们安静地写字,写作仍是一种我们说的或者说给我们听的一种表达方式。"

"不过,星期五有手指。只要他有手指,他就能学会写字母。写不是一定要做语言的影子。你在写作的时候如果能够留意,就会发现,文字在纸上就像罗马人常说的会有新的意义,一种从最深层的沉默当中所孕育出来的新东西。我们习惯相信世界是上帝用说出文字的方式创造出来的。但是难道我们不可以说他是以书写的方式创造我们这个世界的?他将词写出来,这样我们就有了一个终点?上帝就是在不断书写这个世界,和这个世界中的一切?"

我回答:"我没有资格评断,写作是否能从无形之中创造出来。或许作者是这样想的,我却不这样认为。至于星期五,我不禁要问:如果他心里没有文字的概念,有的只是混乱不堪的感受,我们要如何教他写字,写出心里的感受?至于上帝写作的这个看法,我认为:如果他真的写作,那么他的写作是以一种神秘的方式来传达的,而我们只是他写作的内容,也就没有能力去读懂他所写的内容。"

"我同意你的观点,我们是上帝书写内容中的一部分,我们是无法读懂他的文字的,这也是我要说的意思。我们或是我们中的一些人,我说的是一些人,因为可能我们中的一些人没有被书写,所以只是一些人被书写,而另一些人(我想主要是星期五)是被另一个更隐蔽的作者创造出来的。上帝的写作代表的是一种不需要特别的语言作为媒介的方式。言语只是文字可以被说出来的方式之一,但是言语不能代表文字本身。星期五没有言语,但是他有手指,手指就是他的工具。即使他没有手指,假设奴隶贩子砍断了他的手指,他也能像我们在斯特兰德大道①看到的乞丐一样,用脚趾或牙齿夹着炭笔写字。水黾,一种不会说话的虫子,在水面划行,追寻着上帝的名字——反正阿拉伯人是这样说的。不论一个人有多匮乏,他都能书写。"

我发现与福争辩和与克鲁索争辩一样,都是吃力不讨好,所以我就不再说下去了,而他很快便睡着了。

我不知道是因为环境的关系,还是因为福的身体在狭窄的床上紧贴着我的缘故,虽然我疲惫不堪但却无法入睡。每个小时我总听到寻夜人在楼下打更的声音,或是老鼠的爪子在地板上的抓挠声。福开始打鼾。我尽可能地忍耐着,到最后实在忍受不住了,我就下了床,穿上衣服,站在窗户边望着星星照耀下的屋顶,心想还要多久才能天亮。我穿过房间,走到星期五睡觉的壁橱,将帘子拉到一边。在漆黑的夜里,他是沉睡,还是清醒地盯着我瞧?我又一次发现他的呼吸是如此轻微,要不是他身上的味道,我会以为他随着黑暗消失了。我曾经认为他身上的味道是某种烟熏的味道,但是现在知道了是他身上发出的一种懒洋洋且很舒适的味道。我突然很希望回到小岛上。我叹了口气,放下帘子回到床上。福的身体似乎随着他的睡眠而膨胀了,几乎占据了大半个床,连个巴掌大的地方都没有给我留下。我祈祷着白天快来,然后很快地便沉沉入睡。

我睁开眼睛时,天已经大亮。福背对着我,正在伏案耕

---

① 英国伦敦中西部的一条大道,与泰晤士河的北岸平行延伸,从伦敦西区的特拉法加尔广场向东延至伦敦城内。

耘。我穿好衣服,蹑手蹑脚地走到壁橱旁。星期五穿着他的红色袍子躺在垫子上。我轻声说道:"来吧,星期五,福先生在工作,我们得离开了。"

我们还没走到门口,福就叫住我们。他说道:"苏珊,你没忘记写字那件事吧?你没忘记要教星期五识字吧?"他拿出一块小孩用的石板和铅笔,"记得中午回来,让我瞧瞧星期五学得如何。拿这些钱去买早点吧!"他交给我六便士,虽然缪斯来访的价值远多于这些钱,但我还是接受了。

我们早餐吃得很丰盛,有新鲜的面包和牛奶,然后我们又在教堂附近找了一处有阳光的地方坐下来。我说道:"星期五,尽管我缺乏耐心,不是当老师的料,你还是尽可能好好跟我学吧。"我在石板上面画了一间房子,上面有门、窗子和烟囱,在房子下方写下字母 h-o-u-s。① 我指了指那幅图片说:"这是一幅画,下面是单词。"我依次指着每一个字母,发出"hous"的音。然后我又抓着星期五的手指指着每一个字母,发出那个词的发音。最后,我将铅笔放在他的手上,把着他的手在我写的字母 h-o-u-s 下方又写了一遍 h-o-u-s。接着,我将石板擦干净,石板上没有任何图案了,这幅图画应该已经印在星期五的心里了。我又把着他的手将单词写了第三遍和第四遍,直到石板上写满了这个单词为止。我再次将石板擦拭干净,然后说:"星期五,现在你自己写一遍。"星期五写下四个字母 h-o-u-s,或勉

---

① hous 为"房屋"(house)一词在笛福时代的拼写。

强称得上是字母的东西。不知道他写的是不是真的代表四个字母,或是代表"房子"这个词,或是我画的图案,或者就是个东西而已,到底是什么,只有他自己才知道。

我画了一艘张帆的船,教他写"船"这个词,然后又教了他"非洲"这个词。我画了一排的棕榈树和一只凶猛的狮子来表示"非洲"的意思。我对非洲的印象和星期五对非洲的印象是否相同?对于这一点我没有答案。但是我还是写下 A-f-r-i-c-a,教他跟着写。现在他至少应该知道不是所有的单词都是由四个字母组成的。接着,我教他 m-o-t-h-e-r(手中怀抱婴儿的母亲)。我将石板擦干净,要测验他刚才学的四个单词。"船。"我说,示意他写出来,结果他写了 h-s-h-s-h-s,就这样一直不断地重复,要不然就写着 h-f①,要不是我从他手里抢过笔,他是非要写满整个石板才肯罢休的。

我狠狠地瞪着他很久,直到他垂下眼睛,最后干脆闭上眼睛为止。无声的劳作会让任何人变得像星期五这般愚蠢吗?他内心深处的某个地方是否在嘲笑我努力让他开口说话?我伸手抓住他的下颌,将他的脸转向我。他睁开眼。在他那黑色瞳孔的深处,是不是有一丝嘲笑我的意味?我看不出来。但是,是不是真的有一种嘲弄的意味,我这英国人的眼睛也无法看明了非洲人眼中的含义?我叹了口气,说道:"来吧,星期五,我们回到主人那儿,让他瞧瞧我们的学习进度。"

---

① 在笛福时代的英语字母写法中,f 和 s 形近。

我们回去时,正值中午,福已经刮了胡子,神清气爽。

我说道:"星期五学不来,如果说他真的有学习能力,那么要么是其入口被封闭了起来,要么就是我找不到那个入口。"

福说道:"别灰心,如果你已经播下了种子,那么到目前为止,这种进度就已经是有进步了。让我们继续坚持下去:星期五最后可能会让我们大吃一惊的。"

我很恼怒地说:"如果我们的心思在别的方面,写作的能力可不会像甘蓝菜一样,可以在我们体内自然生长。你应该知道,那是需要长期练习来逐步习得的。"

福抿着嘴唇思考片刻,然后说道:"或许吧,但人是各式各样的,所以学习的过程也各有不同。别对你的学生太严格,只是还没有缪斯造访他。"

趁着福和我在说话的工夫,星期五已经拿着石板趴在了他的床垫上。我越过他的肩膀看过去,发现他好像在画一些花叶之类的东西。但是当我走近一看,才发现叶子其实是眼睛,睁开的眼睛,每一只眼睛都长在一只人脚的上面:一排排的眼睛下面都长着脚,成了会走路的眼睛。

我伸出手去拿石板,想要给福看,但是星期五死命抓住不放。我命令道:"给我,石板给我,星期五!"结果他不但不听我的话,反而将三根手指放进嘴里蘸些口水,将石板擦得一干二净。

我恶心得往后退,嘴里叫喊着:"福先生,我不想插手管这件事了!我再也受不了了!这比起岛上的情况还糟糕!他简直是河上的老顽固。"

福试图安慰我,低声说:"河上的老顽固,我不知道你指的是谁。"

我回答:"一个故事而已,不过是个故事。曾经有个家伙,同情一名在河边等待的老人,想要帮助老人渡河。他好不容易驮着老人安全地过了河,准备将老人放下来。但是那个老人竟不愿意下来:他的膝盖紧紧夹住那个好心人的脖子,拍击他的大腿,简直当那个人是驮畜。老人还从他嘴边抢过食物,要不是那个好心人想了一个计策挣脱了,他好像打算骑着他到死都不下来了。"

"我现在想起了这个故事。那是波斯水手辛巴达的冒险故事。"

"所以,很明显地,我就是那个波斯水手辛巴达,而星期五则是那个坚持要骑在我背上的老人。我要和他一起走路,和他一起吃饭。睡觉的时候,他也要盯着我瞧。如果不能摆脱他,我会窒息的。"

"亲爱的苏珊,别这样烦恼。你说自己是驴子,星期五是骑驴子的人,如果星期五有舌头的话,也许他会说他才是驴子,你才是骑驴子的人。我们谴责造成他身体伤残的那种野蛮行为,但是我们这些后来的主人难道没有在背地里暗暗感到庆幸?因为只要他无法说话,我们便可以推说不明白他的欲望,继续要他照着我们的意愿去做事。"

"我知道星期五要的是什么。他和我一样希望被解放。他和我的渴望都是一样单纯的。但是星期五这一辈子都是在当奴隶,他要如何找回他的自由?这确实是一个问题。难道我应该给他自由,引导他进入这个充满饿狼的世界，还期待受到赞美吗？像一个包裹一样被送往牙买加，或是在夜里挨家挨户乞讨仅为了要到一先令，这些是自由吗？就算他回到家乡非洲，在不能说话而且没有半个朋友的情况下，他能体会自由的真谛吗？我们都能强烈感受到内心对自由的渴望，但是我们之中有谁能说出自由的真谛？等到我摆脱了星期五，我就能知道自由的含义吗？克鲁索在小岛上就像一位君主一样，但是他拥有所谓的自由吗？如果他拥有自由，那么就我所知，这种自由没有给他带来一点快乐。至于星期五，一个连自己的名字都不知道的人，怎么能知道自由的内涵？"

"苏珊，我们没有必要弄清楚自由的内涵是什么。自由就和其他单词没有任何不同。它是嘴里吐出的空气，是写字板上的七个字母①。它就是一个词，一种你说的渴望，对自由的渴望，然后我们称呼它为自由而已。我们应该关切的是渴望这种欲望本身，而并非它的名称是什么。我们可能无法说出苹果这个字眼，但是这不代表我们就不能吃苹果。我们已经学会了许多满足需求的名称，也能利用这些名称满足我们的需求，就像是我们肚子饿了便晓得拿钱去买食物一样自然。教会星期五使用语言去满足他的需求并非多么了不起的事情。我们不是要将星期五教育成一个哲学家。"

"福先生，当克鲁索过去教星期五'拿'和'挖'这两个词的时候，他也像你这么说来着。但是这个世界不只是只

---

① 自由的英文拼写为 freedom。

有英国和野蛮人,星期五内心的渴望并没有从'拿''挖'或是'苹果''船'和'非洲'这些字眼找到答案。无论是以文字,还是不可名状的声音、语调或是音调的形式,他内心一定会听到某种怀疑的声音。"

"如果我们穷极一生寻找伟大的字眼,诸如:自由、荣誉、快乐等等,我们就得花上一辈子来寻觅,而到头来还是徒劳无获。这些伟大的字眼没有家,他们像行星一般到处流浪,他们注定就是这样。苏珊,你必须扪心自问:割掉星期五的舌头是奴隶贩子的行径,目的是让他顺从,而我们在喋喋不休地争论着一些词的含义,却吹毛求疵地不让星期五学习这些词汇,难道这就不是奴隶贩子的行径吗?"

"要说星期五臣服于我,不如说他像我的影子一般,到处跟着我打转。他不是自由之身,但也不是我的仆人。从法律上来说,自从克鲁索过世之后,他就是自己的主人了。"

"然而,星期五还是跟随你,而不是你跟随着他。你所写下的字或是挂在他脖子上的文字,都说明他是自由之身。但是看看星期五,谁会相信那些文字呢?"

"福先生,我不是奴隶主。你之前可能没有想过,你说话的样子就像是一个奴隶主,难道你自己没有察觉到吗?如果你对我说的充耳不闻,把我所说的话误当作是奴隶主说的有害的话语,那么你对我的态度与奴隶贩子割下星期五的舌头的态度有何不同?"

"苏珊,我并不想要割掉你的舌头或是其他东西。下午,将星期五留在这里,你到外面散散心,呼吸一下新鲜空气,欣赏欣赏景色。我只能待在房间里,你可以充当我的密探。回来后,告诉我你看见的这个世界是何等模样。"

于是我出去散心了。熙熙攘攘的街道让我心情好了起来。我知道自己是错误的,不应该将自己的处境归罪于星期五。如果说他不是一个奴隶,他不是也受控于我的渴求,并希望他能够讲述我们的故事吗?他和那些探险者带回的印第安野人有何不同?那些探险者还带回一船的鹦鹉、黄金人偶、靛蓝染料、美洲豹的皮,用来展现他们的确到过美洲。福先生难道不也是俘虏吗?我总觉得他是在故意拖延时间,而实际上,也许这几个月来,他一直在试图搬动这个没有人能动得了的石头。我所看到的他笔下写出的一张张纸不是在讲述无聊的交际花和士兵的故事,而是一个版本接着一个版本地重复着同样的小岛上的故事,每次都写不成功:因为他笔下的故事和我笔下的故事一样枯燥无味。

我说:"福先生,我想到了一个办法。"

但我发现坐在桌子前的不是福先生而是星期五,他穿着福先生的袍子,戴着他的假发,那顶假发简直像鸟巢一样脏乱。他的手摆在福先生的纸上,拿着羽毛笔,笔尖蘸着黑墨水,闪闪发亮。我大叫一声,冲上前去,将笔抢了过来。就在此时,福在他躺着的床上说话了。他疲惫地说道:"随他去吧,苏珊,他正在试着用他的工具,这也是学习写字的一个过程。"我大声嚷道:"他会弄脏你的纸。"他说:"我的纸已经脏了,他不会让情况更糟。过来,坐在我身边。"

我在福身边坐下。白天的光线很明亮,我的眼睛不想看也得看到他躺着的肮脏的床单,他手上留着的肮脏的长指甲,还有他大大的眼袋。

"一个老娼妓,"福说,他好像知道我在想什么,"一个老娼妓只有到了夜里才出来拉生意。"

我争辩道:"别这样说。将别人的故事加以润饰并不算是娼妓的行为。如果没有作家来做这件事,这个世界便更惨淡了。你接纳我,拥抱我,并倾听我的故事,我怎能将你说成不要脸?你在我无家可归的时候给了我一个避风港。我是将你当成一个情妇,或者更大胆地说,我觉得你像是我的妻子。"

"苏珊,在你大胆地表述自己之前,你应该看看我结出的果子是什么样子的。既然提到生孩子,难道现在不是你告诉我你在巴伊亚女儿下落的最佳时机吗?你到底有没有生过这个孩子,她是真正存在的,还是她只是故事的角色之一?"

"我会告诉你,但是你得先告诉我:那个你派来的女孩,自称与我同名同姓的人到底是否是真实的实体?"

"你触摸过她,拥抱过她,亲吻过她。难道你还敢说她没有实体?"

"不,她有实体,就像我的女儿和我一样有实体。你和我们一样,也是有实体的,我们都是活生生的、有实体的个体,我们都存在于相同的世界中。"

"你忽略了星期五。"

我转过身去看着星期五,他正埋头写字。他就像一个不会用笔的孩子,将面前的那张纸弄得很脏,但是上面确实有像某种字母一样的内容:一整排、一整排的字母 o 紧密地贴在一起。他还在伏案写着第二页,写得满满的,还是相同的字母。

"星期五在学写字吗?"福问道。

"可以算是在写字吧,他在写字母 o。"

福说:"这是个起步,明天你一定要教他学写字母 a。"

第 四 章

楼梯又暗又破①。我刚踩到一级楼梯,就被一个人的身体绊倒了。这个人一动不动,也没有发出任何声响。借着一根火柴的光线,我发现那是个女人或者是个女孩,她的双腿遮在灰色的长衫中,双手交叠在腋下;也可能她的四肢发育不良,本来就特别短。她的脸上围着一条灰色的羊毛围巾。我打算解开她的围巾,但是围巾仿佛无止境地缠绕着她。她的头下垂着,身体像一袋稻草那么轻。

门并没有上锁。月光透过一扇孤窗泻入房间。地板上传出老鼠乱跑的声音。

他们肩并肩平躺在床上,谁也没碰谁。皮肤像纸一般干燥地紧绷在骨头上。他们的双唇已经萎缩了,都露出了牙齿,因此他们的表情看起来像是在微笑。他们的眼睛是紧闭的。

我屏住呼吸,拉开了盖在他们身上的被子,我原以为会

---

① 此处与第三章开首呼应,英语原文为:The staircase is dark and mean. 差异在于 be 动词时态转换为一般现在时。另外此章节中基本每一个句子都使用了现在时的时态,包括一般现在时和现在完成时。

看到杂乱不堪、灰尘,和早已腐败的尸体,但看到的却是另一番景象,他们安详地躺着,他穿着睡衣,她则穿着睡袍。他们身上甚至传来了阵阵的紫丁香味。

我一拉,壁橱上的帘子就裂开了。角落里漆黑一片,什么也看不清,这个房间的空气很潮,火柴是无法点燃的。我蹲了下去,在黑暗中摸索,发现星期五平躺在那里。我碰了碰他的脚,像木头一样硬;我又顺着裹在他身上的柔软、厚厚的东西往上摸,一直摸到了他的脸。

尽管他的皮肤还有热度,但我还是四处搜寻,最后在他的脖子上找到了脉搏。他的脉搏十分微弱,仿佛他的心脏是在十分遥远的地方跳动。我轻轻地拉扯他的头发,软软的真像羊毛。

他牙关紧闭,我将指尖伸入他的上下排牙齿之间,试图撬开他的牙齿。

我脸朝下躺在他的身边,鼻孔里闻到灰尘陈腐的味道。

过了好一会儿,我似乎都要沉沉地睡去了,他却动了动,叹了口气,转过身来。他发出的声音十分微弱,就像叶子落在其他叶子上面的声音。我伸手抚摸他的脸。他的牙根不再紧闭。我紧靠着他,将耳朵凑到他的嘴边等着。

一开始,我什么都听不到。过了一会,如果我不去理会自己的心跳声,我便开始听见远方传来微微的呼啸声,就像她所说的,贝壳中传来的海浪声。此外,还有一两次听见小提琴的琴弦声、风的飕飕声和鸟的鸣叫声。

我靠得更近,结果又听见了其他的声音:麻雀的啁啾声、鹤嘴锄发出的重击声,还有呼喊的声音。

他的口中没有任何气息,却回荡着小岛上的声音。

＊　　＊　　＊

仰头看房子的一角,能看到墙上钉着一块牌匾,上面写着"丹尼尔·笛福,作家",白字映衬在蓝底上①。牌匾上还有其他的字,但是字太小,看不清楚。

我走进房内,虽然外面是秋日里艳阳高照,但阳光却没有穿透墙照进屋里。我一走进去就被一个人的身体绊倒。这个人的身体像一袋稻草一样轻,是个女人或者女孩。房子比从前更暗了,我沿着壁炉架摸索,找到一截蜡烛并将它点亮,蜡烛蓝色的火焰跳跃着。

一对男女面对面躺在床上。她的头埋在他的手臂里。

星期五还躺在壁橱里,但脸已经转向墙壁。他的脖子——我以前从没有注意到——有一道疤,像项链一般,好像是绳子或是链条留下的痕迹。

桌子上面除了两个布满灰尘的盘子和一个水壶以外什么都没有。地上有一个公文箱,上面的黄铜铰链紧紧扣在一起。我把箱子抬到桌子上,并将它打开。上面泛黄的纸页很脆,我的大拇指一碰上去,就碰掉了一块整齐的半月形。我把蜡烛拿近,读着最上面一行歪歪扭扭的字:"亲爱的福先生,最后我再也划不动了。"

叹着气,我从船上滑进水里,激起些许水花。随着浪头

---

① 在英国,带有蓝色牌匾的建筑物,表示那里曾经居住过具有显赫地位的名人。

浮沉,小船上下颠簸,然后漂走了,被带往南边到处是鲸鱼和冰原的区域。我四周的水面上漂浮着星期五撒下的花瓣。

我拼命地朝小岛黑黝黝的悬崖游去,但是好像有什么东西牢牢地抓住了我的腿,抚摸着我的手臂。我被缠在海草堆里:海藻的叶子随着海水上下漂浮。

叹着气,我将头探入水中,激起些许水花。手摸索着抓着船通道扶手,我一点点地下潜,原本浮在水面上的花瓣,这回仿佛像雪花一般漂在我的上方。

船只残骸黑压压的一片,四处是斑驳的白色。这艘船比海中巨兽还要大:船只残骸的桅杆已经尽数脱落,船体中间裂开,四周堆满了泥沙。木头都已经变黑了,可以进入的洞口更黝黑。如果说海底真有海怪潜伏其中,那么它就是潜伏在这里,正瞪着它那石帽般罩着的眼睛凝视着眼前的一切。

我的脚下泥沙阵阵翻腾,但是并没有成群的小鱼儿悠游其中。我走进洞里。

我现在处于甲板下方,我脚下是船的左舷。我摸索着潮湿的船梁和支柱向前行进。沿着船舷行走,脚下黏糊糊的。我用绳子将那一小截蜡烛头串在脖子上,尽管它没有光亮了,但我还是把它当成护身符一般地举着。

有什么软软的东西阻挡了我的去路,或许是鲨鱼,一条死掉的鲨鱼,上面蔓生着海里的花朵,或许是一个看守者的尸体,裹着尸体的布料在海中经历了多次冲击已经腐烂不堪。我蹲下身体,从它上面爬了过去。

我从未想过大海会是肮脏的。但我手里的沙子黏糊糊的,又软又湿,水流根本就冲不走。它们就像法兰德斯的泥沙一般,里面埋着一代又一代的投弹兵,他们躺在那里,仿佛熟睡的样子,一层一层地压着。如果我再静止多待上一会,我就会一寸寸地往下沉。

我来到船舱隔离壁,看到一段楼梯。楼梯口的门上着锁,但是我用肩膀很轻易地就将门撞开,然后便走了进去。

这可不是什么乡间的澡堂,在这黑暗的舱室里,水似乎是静止不流动的,与昨天、去年,甚至三百年前的水是一样的。苏珊·巴顿和死去的船长身上穿着白色的睡衣,身体肿胀得像肥猪一般。他们的四肢僵硬地支出身体,他们的手因为浸泡太久都起皱了,伸展着做祷告状。这两具尸体像星星一般漂浮在低矮的屋顶上。我从他们身子底下爬了过去。

在横梁下方最后一个角落,我看到了星期五。他半埋在沙堆里,膝盖蜷起,双手夹在大腿中间。

我拉了拉他那羊毛一般的鬈发,摸着他脖子上的链条。我在他的身边跪了下去,双手和膝盖都陷入淤积的沙子中。我想说话,于是我试着说:"星期五,这是艘什么船?"

但是,这里不是一个依赖文字的地方。每一个音节一说出来就被水侵蚀和消融了。在这里,身体本身就是符号,这是星期五的家。

他不断地翻身,直到身体完全躺平,脸对着我的脸。他的骨头被皮肤紧紧包覆着,双唇萎缩。我将一个手指尖放进他的牙齿中间,试着伸进去。

他的嘴张开了,从里面缓缓流出一道细流,没有气息,不受任何阻碍地流了出来。这细流流过他的全身,流向了我,流过了船舱,流过整艘船的残骸,冲刷着悬崖和小岛的两岸,朝着南方和北方,流向世界的尽头。那道涓涓细流是柔软的,又是冷冰冰的、黝黑的,似乎永远流不尽,它拍打着我的眼帘,拍打着我的面庞。

《福》与《鲁滨孙飘流记》的互文性(译后记)

《福》(*Foe*)是作家库切的第五部小说。这部小说是比较典型的后现代作品,与英国传统经典小说《鲁滨孙飘流记》有很强的互文性。可以说《福》是对《鲁滨孙飘流记》的大胆反拨与颠覆。

关于小说名称的汉语翻译,过程颇为周折。国内一些关于库切的介绍性文章中,大概因为作者没有读过《福》的具体内容,抑或其他的原因,对于 *Foe* 这一英文标题,大多根据 foe 的字面含义,将其翻译为《仇敌》①。实际上《福》来自于《鲁滨孙飘流记》作者的名字——丹尼尔·笛福(Daniel Defoe),那位被称作十八世纪英国现实主义小说之父的作家。这个名字本身就是库切对作者的解构,对历史的一个反讽。根据史料记载,笛福本姓 Foe,他在四十几岁的时候,为表示自己有贵族头衔,在自己的姓前加了一个贵族头衔:De,改姓为 Defoe。库切在他的小说中,让笛福恢

---

① 同时也不能否认,其中可能会有个别分析者确实真正读懂了 *Foe*,看出了其中作者与读者,以及作品人物之间的敌对关系,所以将其翻译成《仇敌》。

复本来真实的姓名 Foe。对于 Defoe 与 Foe 的关系,我想到了 Deconstruction（解构）与 Construction（建构）的关系,差别之处在于库切的小说是在解构作者福的建构。而从这个角度,foe 与 Defoe 之间确实有一种敌对关系,那么是不是因为这种敌对关系,就可以将小说的题目翻译为"仇敌"？我利用不同的机会,咨询过国内、国外,特别是英、美以及澳大利亚等英语国家的多位仔细阅读过该小说的专家学者,他们都倾向于将标题理解为人名,与作家 Defoe 联系到一起。就这部小说的名称翻译,笔者也曾与作家库切本人电子信函交流。他除了对标题含义多样性给译者带来难度表示歉意之外,对于译者要采纳哪一种翻译绝不干涉。库切本身也翻译过文学作品,他深知翻译也是一种再创造,所以他给译者足够的空间去发挥。而作为译者,我最为关切的是如何忠实地翻译出作品的原意。出于对库切作品的喜爱,我甘愿担当英译中的桥梁,而且还想特别向读者推荐这部经典之作。这部小说有很深的寓意,如果读者能够读懂这部小说的内容,不需要阅读米歇尔·福柯、雅克·德里达、哈贝马斯、利奥塔、加达默尔、杰姆逊的作品,也会深刻了解貌似抽象的后现代、后殖民主义的内涵。其中的原因是,身为作家兼学者的库切用小说来具体表现哲学问题。

　　国外评论家对《福》的解读有不同的版本,一些人认为《福》是"南非状况"的寓言,也有学者从女权主义角度对其进行解读。我想从库切的现实生活中寻找线索,向读者介绍这部作品。上面提到,库切的这部作品试图解构作者,质疑经典。这种质疑的力量不仅仅是来自身为文学教授的库切本人对欧美不断发展的文化理论的了解,也来自他少年的经历。库切儿时的经历就已经让他模糊领略到历史的殖民性,语言的殖民性,更具体地说——作者创作的殖民性。库切在诺贝尔文学奖受奖演讲之前,讲述了他小时候对《鲁滨孙飘流记》十分着迷。儿时的他相信小说中所记述的一切都是鲁滨孙·克鲁索真实的经历,也相信历史上真有鲁滨孙·克鲁索这样的人物。但后来阅读其他百科全书之类的书籍时,他发现原来鲁滨孙·克鲁索的一切是由一个叫笛福的人杜撰的。我们可以想象这样的一种情形:一个小孩子非常迷恋于一部作品,相信里面的每一段文字所记载的情节都是实实在在的。在他看来,这些文字完全等同于事实。后来,突然间他发现原来文字描述的并非事实,是虚幻的故事。这种诧异对这个儿童的心理一定产生了很大影响。库切的童年经历已经开始为他后来颠覆这部经典作品埋下了伏笔。库切的创作体现着解构主义的精髓:在对某些经典文本进行解读时只能通过各种各样的、也许是自相矛盾的方式,构建起"虚拟的文本",从中才能找到作品真正的含义。

儿童时代的经历,引发了库切后来致力于反拨历史与经典。作家的艺术感悟让库切将真实事件与艺术相结合。在《福》中,苏珊·巴顿之所以不能自己书写自己的故事,是因为她认为"我的故事还是能解闷儿的。但虽然不太懂写作的技巧,也明白自己写出来的拙劣文字,会将本来很迷人的东西弄得黯然失色。任何东西一写出来就会失去一些鲜活性,这种损失只有艺术能弥补,而我对艺术一窍不通"。而且她也清楚地意识到,她在小说中的命运是由作家福来决定的。她说:"你不仅要讲述关于我们的真实故事,还要取悦读者。你的故事未完成,我的人生也就被悬挂着。"确实,作家福并不认为苏珊·巴顿荒岛漂流的故事很有趣,而从冷漠的克鲁索那里却没有任何故事可以挖掘,所以他要加入其他的情节,他要将书分成五个部分:女儿的失踪,巴西寻女,放弃寻找以及小岛历险,女儿寻母,母女重逢。这样一来,小岛上的经历只是书中的一小部分。而这是苏珊竭力反对的,她声称这不是事实,她不能接受这样的安排。而如果我们以《福》中所描述的内容为基础,将苏珊·巴顿的经历与《鲁滨孙飘流记》相联系,我们可以说,作家笛福为了取悦出版商与读者,最后将胆敢反抗的苏珊·巴顿这一重要人物完全取消,取而代之的是一个男性殖民者的人物形象。在《鲁滨孙飘流记》中,苏珊·巴顿的命运还不及星期五:星期五是无声的,但他有形地存在;而苏珊·巴顿则是完全缺失的。通过对《鲁滨孙飘流记》的反拨,库切在《福》中所展现的是:作者是完全不可靠的,而历史的记述是不全面的。

鲁滨孙在《鲁滨孙飘流记》和《福》中的形象是不同的。尽管《鲁滨孙飘流记》写于1719年,但它被认为是一部反映欧洲早期殖民思想的作品。作为欧洲文明人,鲁滨孙·克鲁索在荒岛上开始了他的殖民活动,进行着他的文明的建构,他把幸存的野蛮人改造成文明人:星期五这个名字是按照鲁滨孙·克鲁索救起他的那一天星期五(文明人所使用的日历中的名称)来命名的。星期五穿着与鲁滨孙·克鲁索一样的衣服,使用鲁滨孙·克鲁索教给他的语言。逐渐地,星期五越来越像鲁滨孙·克鲁索,似乎成为一个文明人;星期五已不知道他的母语是什么。他的穿着、举止完全成了文明人鲁滨孙·克鲁索的翻版。库切在他的一篇题为"丹尼尔·笛福与鲁滨孙·克鲁索"的文章中也提到"带着鹦鹉,拿着伞的鲁滨孙·克鲁索已经成了西方集体意识的代表性人物"①。马克思在《资本论》中也曾谈到了鲁滨孙·克鲁索的殖民性:尽管鲁滨孙·克鲁索是飘流到荒远的小岛上,要靠做工具、驯养动物、捕鱼、打猎以维持生存,但是他从船上抢救出自己的表、账簿、墨水和笔以后,马上就像一个地道的英国人,开始记起账来。而且他仍旧坚持祈祷。可以说鲁滨孙·克鲁索到达小岛的同时,将西方帝国的秩序带到了这个边远小岛。萨义德认为,十九世纪的欧洲小说不但强化着当时现存权力的文化形式,而且使这一权力得到完善和表达。在每一部小说中,海外经验都是具体的、独特的,但正是这种个体的经验激活了和具体体现了帝国本土与海外的关系。小说家们把掌握海外权力和特权与国内的相应活动联结在一起。所以,小说以文学形式实现了对海外领土的美学控制。"因此(十九世纪的欧洲)小说就成了真实国家的真实历史所影响的具体的历史叙述。笛福就将克鲁索放置在边远的无名小岛上,……"②小

---

① 《异乡人的国度:1986—1999论文集》第20页,J. M. 库切著,伦敦,Vintage 出版社2002年版。
② 《文化与帝国主义》第77页,爱德华·萨义德著,纽约,Alfred A. Knopf 出版公司1993年版。

岛成了帝国的边缘资产,执行的是帝国空间中的道德秩序。从这个角度来判断,笛福的《鲁滨孙飘流记》不仅开辟了现实主义小说创作的先河,也是大英帝国的第一部殖民小说,讲述着帝国权力的扩张。萨义德在《文化与帝国主义》一书中阐述了帝国主义的霸权性:"帝国主义在全球层面上加强了文化与身份的融合,但是它带来的最荒谬的结果是让人们相信,他们大体上,仅仅只是白人或黑人,西方人或者东方人。正如人类创造了自己的历史,他们也创造了他们的文化和种族特性。没有人可以否认长久以来形成的传统、习惯、民族语言以及文化地缘的持续性,但是似乎没有理由希望用恐惧与偏见来坚持自己的分别与特性,就好像人的生命就是要干这个的。事实上,生存在于事物间的联系,用艾略特的话来说就是:'想要真实,不能没有"花园中其他的回音"。'比起考虑'我们',具体、同情、对位地想他者更难,但是更有益处。这就意味着不要试图统治他者,不要试图将他者分类放入某一个层次。总之,不要总是不断地说'我们的'文化、'我们的'国家是第一的(或者就此而言,不是第一的)。对于知识分子,很有必要不这样做。"①

库切这位知识分子就没有"这样做",他已经听到了"花园中其他的回音",他要将西方(主流、中心、支配)与非西方(非主流、边缘、被支配)这一关系中的"非西方不能说话"这一后殖民理论的基本现象放入他的创作中着力描

---

① 《文化与帝国主义》第336页,爱德华·萨义德著,纽约,Alfred A. Knopf 出版公司1993年版。

述:他要用他的《福》来将这种霸权加以解构。所以《福》中鲁滨孙是一个毫无作为的人,他冷漠,没有那么多生活的激情,日复一日做着搬石头的无用功。与《鲁滨孙飘流记》中甘愿做上帝的仆人的鲁滨孙不同,《福》中的鲁滨孙甚至否认上帝的至高无上:"如果上帝在看着我们,那么谁去采棉花,砍甘蔗? 为了让世界继续运作下去,上帝一定就像低等生物一样,有时睡着,有时醒着。"

库切对作者特权的解构不仅体现在标题上,也体现在故事的叙述中。他的《福》将同一个故事从不同角度讲了很多遍,他要通过作品告诉读者,"'小说的本质与创作过程'这个问题也可以被称作'谁在写'的问题"①。萨义德注意到了东西方强势与弱势的支配与被支配关系,斯皮瓦克将这种支配与被支配的关系延展到了种族、阶级和性别——比如黑人、穷人和女性,他们都是被剥夺了话语权的群体。斯皮瓦克曾在《贱民能说话吗?》一文中用一个印度寡妇自焚殉夫的例子来说明贱民不能说话的一个事实。白人可以从白人所信奉的人权的角度,救下这位寡妇,但是这种拯救并不是该妇女所需要的;而当地文化保护主义者则从传统和习俗的角度,认定妇女是心甘情愿去殉夫的,他们同样也不能完全理解妇女的真实处境和心理。双方各自占据对自己有利的话语位置言说,而殉夫的妇女却不能言说。主流话语与传统话语已经让她无话可说,而只有任凭别人

---

① 《J. M. 库切专访》,《三季刊69》(春夏)第462页,托尼·墨菲特著,1987年。

代表她去说话。库切也有类似的思考,他要让"贱民"说话,所以库切要改变原来小说中没有女人的局面,在他的小说中给女人合法的位置。所以主人公不再是鲁滨孙·克鲁索,而是女子苏珊·巴顿,一个出去寻找丢失的女儿、经历坎坷的女人。笛福的《鲁滨孙飘流记》是男人的小说,其中没有任何女人的位置;而库切的《福》要给女人一个位置。苏珊·巴顿向作家福质问,作为一个活生生的个体,她曾经与鲁滨孙·克鲁索一样生活在岛屿上,为什么她要被变成没有实体的虚幻物质。她说:"请将我所失去的实体还给我,福先生,这就是我的恳求。"在这部小说中,苏珊·巴顿对作家福进行大胆的质疑。她认为自己的沉默与星期五的沉默是不同的:"星期五沉默是因为他不能说话,所以只好日复一日任凭他人肆意地塑造。我说他是食人生番,他就是食人生番;我说他是洗衣工,他就变成了洗衣工。星期五到底是怎样的人?你会说:他既不是食人生番也不是洗衣工,这些只不过是名称而已,并没有触及他的本质。他是一个真实存在的个体,他是他自己,星期五就是星期五。"而她的沉默是她选择要沉默的,她不能接受被福在作品中任意改造。库切不仅发现了星期五与苏珊·巴顿所处的"贱民"地位,还揭露了这样一个问题:同是贱民的二者之间也存在着殖民与被殖民的关系。苏珊·巴顿总是希望弄清星期五的身份,但是星期五的身份是她自己想知道的,并不是星期五所需要的。她还要教星期五写字,而语言恰恰也是一种殖民手段。这时,作者又让福指出,星期五不能说话实际又是殖民者所希望的:"我们谴责那种造成他身体伤残的野蛮人行为,但是我们这些后来的主人在背地里难道没有暗暗感到庆幸?因为只要他无法说话,我们便可以推说不明白他的欲望,继续要他照着我们的意愿去做事。"这句话足以描述殖民者骨子里的虚伪性:星期五的无声一方面是他们声讨野蛮行径的武器,另一方面又是他们私下里所喜欢和需要的状态。星期五的无声是无助的无声,是对殖民者无声的谴责。

回到我们要讨论的中心议题:作品相对于作者,也是无声的。那么是谁掌握了出声的权力?是谁在决定小说人物的命运?这个决定者不是作者的笔,而是持笔的手和操控手的作者。库切要声讨作者的权威。他的观点与米歇尔·福柯一致。福柯曾在《作者是什么?》一文中指出:"我们可以很容易地想象出一种文化,其中话语的流传根本不需要作者。不论话语的地位、形式或价值如何,也不管我们如何处理它们,话语总会在大量无作者的情况下展开。"①库切的《福》是对这种文化想象的一个尝试。在这部小说中,库切完全抛弃了作者的权威性,给我们展现了由无数作者创作的,或者又可以说是在无作者的情况下创作的小说。正如库切博士论文的研究对象——贝克特的一句名言:"谁在说话有什么关系,某人说,谁在说话有什么关系。"②在无数作者的情况下,具体事件的文本阐述有了更多的可能。

---

① 《作者是什么?》,《语言,反记忆,实践:米歇尔·福柯文集与访谈选编》第138页,米歇尔·福柯著,唐纳德·F.伯查德编,纽约依萨卡,康奈尔大学出版社1977年版。
② 同上,第116页。

库切的这种叙述模式打破了事实与历史一对一的逻辑关系,历史的权威性与作者的权威性被库切通过反拨经典的方式加以打破。《福》体现了库切对文本与历史、作品与作者之间关系的思考。小说中,作家福的权力就在于他全权决定话语内容与表现形式。文字是历史的载体,历史是真实的,但是文字是抽象的,因为文字本身只是个符号。符号的不同组合表达着不同含义,不同的人,从不同的角度、不同的背景,可以进行不同的符号组合,而不同的读者从不同的角度又有不同的阐释可能,整个过程受权力关系和意识形态的制约,这就决定了文字与历史之间有着不可逾越的鸿沟。按照米歇尔·福柯的观点,历史是掌握着权力和话语者的表述。他认为:"在任何一个看似处于某种统一意识统治下的历史时期中,都充满了被压抑的他异因素,历史学家必须在他的系谱研究中对他异和断裂给予格外的关注。"①所以《福》中的鲁滨孙并没有强迫星期五学英语,他教给星期五的有限的几个词汇是用来满足生活沟通的需要。反倒是苏珊执意要教星期五写英文。而作家福请她扪心自问:"割掉星期五的舌头是奴隶贩子的行径,目的是让他顺从,而我们在喋喋不休地争论着一些词的含义,却吹毛求疵地不让星期五学习这些词汇,难道这就不是奴隶贩子的行径吗?"《福》以苏珊作为个体对事件的亲身经历,用一种小历史去反拨那个已经成为一种意识形态的宏大历史。

---

① 陈厚诚,王宁主编:《西方当代文学批评在中国》,百花文艺出版社2000年版。

在对大历史的反拨方面,该书做出了极有价值的探索。这种探索不仅有助于我们了解历史本身的多面性和复杂性,同时也展现一条解构历史的路径。

《鲁滨孙飘流记》讲述的是一个殖民者的故事,而《福》中的主人公是星期五和苏珊·巴顿这些曾经被殖民的对象。《福》所展现的是一位后殖民主义者的反思。库切对这部经典作品的颠覆并没有到《福》为止,在2003年诺贝尔文学奖受奖演讲中,他将笛福的《鲁滨孙飘流记》再次改写。这次,鲁滨孙·克鲁索回到了文明社会。库切用近乎意识流的笔法塑造了"他"和"他的人"这两个形象,再次说明作者与作品的关系,而主题依旧。

这本译著的第一个读者是王成宇老师。作为读者,王成宇老师提出了一些疑问,特别是关于第四章的理解。在此深表感谢。对于最后一章,国外评论界有不同的解读。有很多评论者认为这一部分的叙述者,既不是苏珊·巴顿,也不是福,是一个潜入船的残骸寻找真相的一个没有性别的个体。这种理解有助于让读者相信库切创作的客观性,但是我认为如果我们将最后一部分当作苏珊的梦来解读,更容易一些。这种观点主要来自文字细节方面的考虑。第四章的第一句与第三章的开篇句内容是一样的,只是时态不同。第三章用的是过去时:The staircase was dark and mean,而第四章用的是现在时态:The staircase is dark and mean。(很遗憾,因为汉语的语法与英语不同,所以在译文中,读者可能看不到这种时态上的区别。另外,在英文原文中,第一、二、三章的基本时态都是一般过去时,只有第四章是全文使用一般现在时)。第三章的开头是描述苏珊找到了福的隐蔽之所,一个她从未到过的地方。在这一章中,小说的主人公与小说的加工者要当面对峙:苏珊要向作家福讨说法,她反对作家福篡改她的故事。这一章,以及之前的两章留下了许多没有答案的谜团。而第四章则给出了一些她要寻找的答案。中国有谚语:日有所思,夜有所梦。从心理分析的角度,如果我们将第四章看作是女主人公的梦境,看作是她清醒时的记忆,在梦中被打散并重新组合,那就更容易理解一些。库切对梦境的使用在另一经典作品——《等待野蛮人》中也有体现。当然,读者会有自己的见解,这里只是抛砖引玉,权当是与该书的第一位读者王成宇老师进行切磋。

另外,还要感谢吉林师范大学新闻系郑权的大力帮助。根据他的阅读感觉与建议,我在不改变作者原意的情况下,选择更为汉化的表达习惯。很可能,读者传统的阅读习惯会被打破,觉得这部小说晦涩难懂,但我认为《福》对经典的解构不是为了解构而解构,而是以建构为目的,纯粹的无目的的解构是不可想象的。《福》是建筑在一个故事之上的故事。作家虚构故事,要展现的是生活的真实。那么作家库切要展现的真实是什么?读《福》后自有答案。

最后,翻译中有不当之处,敬请专家学者批评指正。

王敬慧
2006 年 9 月草于清华园